# 松鼠的記憶

◉楊明／著

聯合文叢 631

# 目次

# 松 鼠 的 記 憶

# 足音

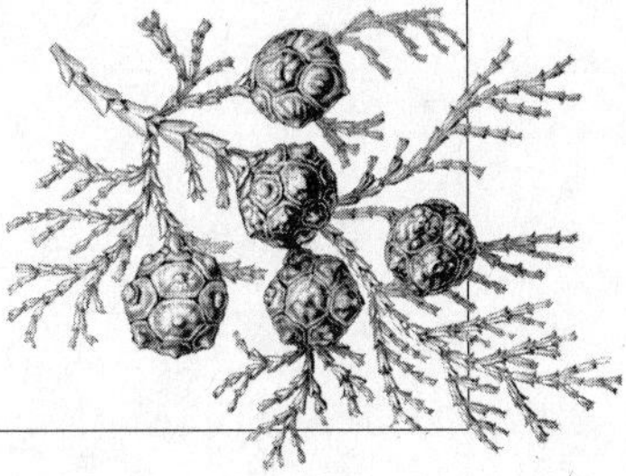

樓板傳來窸窸窣窣的聲音，細碎卻清楚，那聲音會移動，從屋子這頭到那頭。

章煦的房頂也是樓上的地板，這房子雖小，卻還是隔成了兩房一廳，窸窸窣窣的聲響從客廳移動到臥房，她聆聽著，在她打電腦工作時、看電視休息時、躺在床上午寐時，廚房洗菜時窸窸窣窣的聲響被水聲蓋掉了聽不到，晚上九點以後也安靜了下來。

章煦靠翻譯書稿獲得維持生活的收入，這收入的一大半租了這狹窄的小房，房子夾在半空中，樓上樓下住的是誰她完全不知道。她每天將一本本書從日文轉成中文，模仿著日文特有的語境聲調，在窸窸窣窣的聲響陪伴下，那聲響來自於什麼呢？不是彈珠在磚質地板滾動，不是家具拖行，更不是人的走動，是什麼呢？日復一日，她其實已經習慣這聲響，偶爾譯稿困乏，腦子打結，她會停下來想一下聲音是怎麼來的？但每個念頭一出現，就被自己推翻了，不是，不是這聲音，這樣被推翻的念頭不下十個。

她倒也不是非知道不可，雖然好奇，但是那好奇並不強烈，不需要刻意按捺，就可以安靜地收起。

一天交稿時，出版社編輯約她一起吃飯。她和這家出版社長期合作六年了，合作的編輯換了三個，最近的這個叫做小越，圓臉柔甜的女孩，月亮般明麗，喜歡用粉色唇膏，她在電郵中告訴她碰面餐廳的地址和名字，是一家鬆餅店，小越點了草莓鬆餅，艷紅的草莓輕巧坐在雪白的鮮奶油上，可愛美麗，但是章煦不愛吃甜，於是點了鮪魚鬆餅，服務生端來果然沒有草莓鬆餅漂亮，還好寶藍色的碟子增添了顏色。

她發現小越今天不只唇膏是粉紅色，眼影也是，小越說：「招桃花，你也可以試試。」

她不化妝，每天對著電腦翻譯，沒人看見她，她不需要增添無謂的化妝品，費事地往自己臉上塗抹。兩個年近三十的女人吃著鬆餅聊天，就在這時候，剛進門的客人牽著一隻玩具貴賓，暱稱泰迪熊的那種紅貴賓，毛絨絨的小狗踩著輕巧的步伐，牠的腳爪落在地磚上，指甲摩擦著地磚光滑的釉面，發出窸窸窣窣的聲響，那熟悉的聲響原來是這麼來的，她恍然大悟，原來樓上有一隻小狗。

是一隻寂寞的小狗吧！她這樣猜想。

「星期天我們高中同學會，不知道我暗戀過的那個男生會不會去？」小越說，吃了一口鬆餅，她慢慢吞下，煞有介事地問：「你們也辦同學會了嗎？」

她搖頭。

「中學同學會？」小越追問：「那大學同學會呢？」

「沒聽說。」

「你不知道嗎？因為臉書的關係許多同學都出現了，所以近來流行辦同學會啊。」

「我不知道。」

「你的同學沒在臉書上加你朋友嗎？」

「沒有。」

「喔，我知道了，因為你不是用原名章煦，而是用筆名牧勍，所以你的同學找不到你。」

章煦不置可否，反正沒聯繫很久、很久了。

小越繼續說著高中時的暗戀，其實她在高中時也暗戀過一個人，但是當小越問她時，她否認了，為什麼否認呢？不想多說吧，只是這樣，反正小越也不真的在乎，兀自興奮地說著自己的暗戀。

「如果他其實知道，卻假裝不知道，那我是不是就不算暗戀，而是單戀？」

章煦喝著檸檬茶，沉默不語，她知道小越只是需要找一個人傾吐，並不需要回答。停頓了片刻，小越自己往下接：「他知道了卻不回應，或者這已屬於失戀了，因為他對我完全沒意思。」

「連開始都沒有，就直接跳到失戀了。」小越誇張地嘆氣。

「高中時可能他還沒想到這些，這回見了你，才發現被你所吸引也可能啊。」章煦安慰小越。

小越說：「所以我特地買了一件連衣裙，小性感又不失甜美。」

她偷偷觀察紅貴賓，牠吐著舌頭，安靜趴在主人身邊，感覺不是那種喜歡鬧騰的狗，牠似乎意識到她在看牠，眼光投到她身上，那雙眼烏黑明亮童稚溫柔，但是有一點點哀怨，因為被冷落嗎？很快牠的視線便移開了，牠把頭擱在兩隻前爪上，默默望著地板，牠的主人正在專心滑手機，她樓板上發出細碎足音的又是哪種狗呢？

知道那是狗的足音後，她每天聆聽，牠在樓板上移動，她想像那是一隻褐白花中型犬，烏黑大眼睛，耳朵下垂，搖著尾巴。她漸漸能聽出足音時而尋找，時而興奮，時而無奈，時而不滿，她感覺得到牠一路行走時張望的眼神，鼻子微微抽動嗅聞，滿屋子的寂寞，足以讓牠終日踱步。

幾天之後，她竟然真的在臉書上看到她的高中同學方聽雲，她沒有發出加友邀請，高中還沒畢業，她們已經不再交談，學校裡遠遠看到寧可繞路，如果看到時已經來不及繞道了，便視而不見默默錯身。

章煦住的大樓樓下有一家投幣式洗衣店，提供免費的洗潔劑，另可投幣加選衣物柔軟精和烘衣防靜電紙，幾種人工香味混雜在一起，溶入她搬來後的四年記憶裡，隔壁便利店的雞蛋三明治、LED燈泡、瓶裝烏龍茶都摻揉進這氣味。後來，便利店的另一邊開了一家花店，百合、玫瑰、素心蘭都不敵洗衣店的氣息，更別說是矢車菊、桔梗、唐菖蒲一類的花。

她在刻意營造的人工馨香中，挑選著水果店裡的芭樂，芭樂其實也是有香氣的，清甜芬芳完全被掩蓋，直到被她帶回家裡，才有機會徐徐吐露。

小越在郵件中向她吐露：「同學會他來了。」指的是她暗戀的對象。「過了這些年我發現他更加吸引我了。」過了這些年，她默默在心中重複這幾個字。臉書上方聽雲時常曬美食，冰淇淋、馬卡龍、壽司、手卷……盛在精緻漂亮的碟碗裡，她追蹤著，方聽雲似乎仍然單身，工作可能常出差，不同的城市裡不同的餐廳。她切開芭樂，挖去中間的籽，坐在電腦前一邊吃芭樂，一邊翻譯書稿。

方聽雲一定記得她。

過了這些年，方聽雲一定還記得她。

突然出現在腦中的句子，嚇了自己一跳。小越在信中說起自己暗戀的男孩：「同學問他有沒有女朋友？他說分手一年多了。」她回覆小越：「你決定大膽告白嗎？當十年後再重逢。」小越回信：「暗示吧，以免遭拒太尷尬。」

高中時，她暗戀的是班上一個留級生，而她成績優異，一向是班上前三名的固定班底，沒人會將她和留級生丁悟清聯想在一起。他們來自同一個小鎮，在小城一所規模不大的中學裡，每個年級四個班，全校只有五百多個學生。丁悟清成績不好，脾氣也不好，上課常睡覺，老師批評他，他也只是抬頭望望，算是敷衍過了。有一天，章煦在回家路上差點被一輛不守交通規則的車撞上，一把將她拉進懷裡護著的就是丁悟清，她的臉頰靠著他的制服，卡其布的織物質感清晰，就是那天，她喜歡上他。

車子飛馳而過，丁悟清低頭問：「沒事吧？」

後來好一段時間，她的耳邊都可聽到低沉的一句：「沒事吧？」語氣中除了關心，還有一點別的什麼。

週末的時候，樓板上的足音明顯少了，是因為家裡有人，狗狗的情緒也隨之安定了嗎？能夠靜靜趴伏。

一天，她在電梯裡遇到了一個女人帶著一隻白色小型狐狸犬，電梯剛才就是從她上一層樓下來的，她偷偷望著小白狗，發出窸窸窣窣聲響的就是牠嗎？她的眼裡滿是疑問，牠回望她的眼光似乎回答了她：「我們終於見到了，只有你明白我的足音。」她原以為會是體型再大一點的狗，沒想到只比博美狗略大一點，這麼小的身軀也能承擔那麼巨大的寂寞？

翻譯書稿的空檔，她上網查，狐狸犬原產於日本，雪橇犬和瑞士土犬繁衍的後代發展為白色德國狐狸犬，後來又和與日本犬交配，於是有了狐狸犬。狐狸狗活力旺盛，容易興奮略帶神經質，感覺敏銳。是因為這樣易感的性格，所以牠獨自在家時總是來回走著沒法靜下來嗎？

小越發來新的書稿，郵件中說有點急，希望她一個月譯完，十二萬字的書稿，也就是不休假連續工作的話，每天也要翻譯四千字，若是要留下最後修改潤飾的時間，每天至少要譯五千字，她有點猶豫，不想接這麼趕的工作，不但得先放下手邊原本正在譯的書稿，更擔心一個月後原本在文字間培養出的感覺找不回來了，也怕如此急就章，品質難以控制。小越不依不饒：「我只相信你，你看一下稿件，包管你一開始看就停不住。」小越懂得章煦的個性，果然打開附件，才看完前兩段，她已經完全被吸引住。

小越卻又來打斷她：「我發訊息暗示他了，他卻還不約我。」

「他不約你，你約他啊。」

「我不想日後真在一起時，他覺得是我追他。」

「至少還可以在一起。」她說，心裡悵悵地浮現，如果能和丁悟清在一起，哪怕全天下都知道是她追的他，她也不在乎。

她在電腦裡另開了一個檔案，開始翻譯小越剛發給她的小說，是關於一個叫亞希子的高中女生的故事，因為她的父親坐牢，班上同學集體不理她，不和她說話，不和她一起吃飯，放學不一起走，甚至體育課時所有雙人對打的球類運動都沒人和她一組。這時候班上轉來了一個男同學也雅，小的時候曾經是童星，大家因此對他另眼相待，來到學校的第一天，也雅便和亞希子一起午餐，放學後一起走路回家，同學們紛紛告誡阻止他，都對他完全沒有影響。亞希子的學校生活發生了巨大改變，她不再孤單，不知不覺她愛上也雅，依賴他，當發現自己不能沒有他時，也雅卻突然告訴他，他唯一的好朋友就是被亞希子父親酒醉開車肇事撞死的，他要讓亞希子嘗到痛苦絕望的滋味。揭開殘忍的真相後，也雅擺出冷酷的姿態，再也不理亞希子，絕望的亞希子發現擁有又失去，比從來不曾擁有過更難受。

為了如期完成譯稿，她每天只睡六個小時，午晚餐依靠外賣解決，早上吃牛奶麥片，她足不出戶，當她譯到亞希子獨自在樹下，心裡想著就像雪會融化，花會凋零，月會消失，而他會離開。亞希子只想問也雅一個問題，他的好朋友被撞死了，是她的錯嗎？也雅回答：「是的，是因為你，法庭上和你爸爸一起吃飯的人說，你爸爸接了一通電話匆匆離開，如果不是你打了那通電話，你爸爸就不會在那個時間經過我朋友行走的路口。」她的心裡似乎出現了一個洞，正一滴一滴累積著冰塊融化的水，水滿時她將看到洞中的倒影。

原來也雅恨亞希子不只是因為亞希子的父親肇事撞死他的好朋友，而是因為如果沒有她那通電話，她的父親晚些離開，可能他的朋友不會被撞，那麼，亞希子的父親也可能不會坐牢啊！亞希子崩潰痛哭，她從未想到自己在這事件中扮演的角色，只覺得自己無辜受害。父親坐牢使得亞希子抬不起頭，她卻並不知道自己在父親心中如此重要，以致事發後，父親從未提過那通電話的事，而還在讀小學的她也從未將自己任性撥打的電話和車禍發生的時間聯想在一起。

章煦高三的下學期，二月下旬，學校剛開學，班上計畫舉辦賞櫻旅行，當日來回，算是為終日考試讀書的生活增添一點調劑，讓大家的腦子喘口氣，也是畢業之前最後一次全班活動，大家達成共識全員參加。本來丁悟清不打算去，他說來回坐幾小時車大老遠去看櫻花沒意思，她卻和他說：「一起去吧，高中同班也是難得緣分啊。」結果，賞櫻那天章煦重感冒，方聽雲腸胃炎，向老師掛病號沒能去，其餘同學坐上遊覽車去賞櫻，卻在回程時墜下山谷，全車無一倖存。章煦和方聽雲成為高三一班僅存的兩名學生，她們被併進了高三二班，回到學校後，她們在同一間教室裡四個月，卻再也沒說過一句話。

章煦失去了高中同班同學。

上大學後，她和所有同學保持距離，她太害怕失去。

她和方聽雲對彼此視而不見，大約是沒法接受只有她們兩個還活著，因為沒有遵守一起去看櫻花的約定，所以她們才活著。

章煦想，如果她沒去找丁悟清，那他就也還活著，這個念頭讓她恨不得立刻死去。

她不知不覺恨著那個駕駛，雖然他也當場死亡。章煦如期完成書稿翻譯，將譯稿以附件傳給小越之後，她想那位駕駛應該也有家人，而他們的苦痛更巨大，除了失去親愛的家人，還要背負著是否是他的過失，連累了三十七條人命。

她輾轉託人打聽到那位駕駛有一個女兒，名字叫胡詩晴，在臉書上試著搜尋，竟然讓她找到了，她發出交友邀請，對方很快接受，還在她的動態留言，喜歡她翻譯的小說。她心裡覺得慚愧，因為自己接近對方是另有目的，雖然她也說不清自己的目的。章煦瀏覽女孩的臉書，發現對方比自己小了五歲，所以出事的時候她十三歲，她還有兩個弟弟，看起來姊弟感情很好，有一起出遊聚餐的照片，還有去年弟弟大學畢業典禮的照片，但是沒看到媽媽，為什麼呢？她在心裡胡亂猜測。

小越回信：「我就知道你會準時交稿。在你努力翻譯的時候，我也在努力喔，我已經主動約他三次了，一次是麻煩他幫我修電腦，然後以答謝為由請他吃飯，明天我們還要一起聽音樂會。你說得對，有些男生不擅長主動，就讓我來扮演主動的那個人吧。」

窸窸窣窣的聲音依然每天從樓板傳來，有一回一個朋友說：狗的種類有上千種吧，大丹狗和吉娃娃的體型的差距又這麼大，但是很奇怪，當牠們在街上相遇，還是知道對方和自己是同類。因為聽朋友這麼說，她也感到好奇，在生物的分類上，犬科屬於食肉目哺乳綱，是狼的一個亞種，DNA 分析顯示狗不只是灰狼（Canis lupus）的近親，也是各地不同灰狼亞種的混血後代。但是已經長久為人類馴養，三萬多年前歐洲人便馴養犬類，只是人類飼養的古代狗已經滅絕，比利時山區發現的化石顯示人與犬之間曾中斷的關係，這些古代狗沒有後代存活至今，所以人類只能推測古代犬的模樣。人類在亞洲馴化狗則是在一萬多年前，狗幫人類做許多事：陪伴、看家、捕獵、拉雪橇、拉車、警用、軍用、寵物、幫助身障人士等。我們現在所知道的狗的品種，其中多數是近幾百年才繁衍培育出的，所以現存的犬類都是經過不同種互換基因後產生的，我們講的純種狗，不過是在此種基因建立之後符合其特質的，這個世界上其實沒有真正意義上的純種犬類。

多麼奇妙的物種，生命有無限可能。

情人節那天，小越收到了他的禮物，小越高興得不得了，她說：總算確立了兩人的關係，他也懂得主動了。

二月底，櫻花陸續綻放，深紅紫紅桃紅粉紅繽紛一片，方聽雲臉書發文：「已經十年了，我從未忘記過他們，我們有一場無法在這世上舉行的同學會。但是，當我們在另一個世界舉行時，親愛的同學請別嘲笑我的皺紋與白髮，你們將永遠是十八歲的模樣。」

胡詩晴在貼文下方貼了一張花裙女孩捧著紅心的圖，原來她們知道彼此。

章煦經過飄著洗潔劑發散人工馨香的走道，手裡拎著剛買來的蘋果，當然蘋果的清香也不敵這人工馨香。

車禍剛發生，章煦鼓起勇氣去看從小同住一條巷子的同學爸媽，她們倆讀同一所小學同一所國中，高中又同班，一向待她和藹可親的同學媽媽看到她時表情卻是扭曲的。她揮手要章煦走，臉上複雜的情緒包含了憤恨嫌惡無奈與傷痛，章煦踉蹌奪門而出，她讀懂了，那表情意味著為什麼我女兒走了而你還在？她再也不敢去任何同學家，不敢經過他們的門口。學校為章煦和方聽雲安排了心理輔導，每週兩次，章煦不得不去，她坐在心理諮商師對面，望著窗外，在諮商師的引導下偶爾回答幾句，只是應付，沒有用的，她失去的，什麼輔導都沒有用的。她將更多時間用在準備考試，而這加倍的用功和哀傷所引起的考試失常正好相互抵消，她考上的大學和在車禍中過世的導師預估的一樣，年輕的導師留下了一個才四歲的孩子，如今該上國中了。

章煦回到家，削了一個蘋果，邊咬邊打開電腦，她心裡猶豫著，一顆蘋果啃完了許久，她終於鼓起勇氣在方聽雲的貼文下留言：「有我陪伴你的皺紋與白髮，我是章煦。」

櫻花剛謝，章煦樓上的鄰居突然搬走，房東來收房時，發現狗被留了下來，那狗不知是因為餓還是渴？或者是知道自己被遺棄了，奄奄一息地趴在那兒不動，房東氣憤地和管理員數落這不負責任的房客，積欠水電費已經很惡劣，還不顧這狗的死活，他要是晚來一天，這狗活活餓死都可能，現在怎麼辦？把狗送去收容所還是死路一條。她聽著房東憤恨難平的咒罵，找到一個空隙，插嘴問：「如果沒人要這隻狗，可不可以先給我？若是牠的主人回來找牠，我再還給她。」房東立刻將狗給她，像是丟掉有臭味的垃圾一般，同時還丟了一句話：「她已經不顧這狗的死活，怎麼還會回來找牠？你願意養最好，我可不想找這麻煩。」

章煦帶著狐狸狗回家，給牠吃了狗糧，喝了水，牠安靜地坐著凝視著她，牠似乎感覺得到一種熟悉，心情也漸漸穩定，從被遺棄的慌張寂寞轉為有家的踏實。

當她打開電腦敲打按鍵，牠凝神傾聽，臉上出現恍然大悟的神情，牠開心地吠了兩聲，快速搖擺尾巴。章煦明白了，當她聽見牠窸窸窣窣的足音時，牠也聽見她踢踢叩叩敲打鍵盤的聲音，也許牠在樓上走來走去，正是在找尋這聲音，原來牠一直在找她，現在終於找到了。她翻譯書稿的時候，牠就趴在她旁邊，牠聽慣了電腦鍵盤此起彼落的聲音，特別安心，等她工作一個段落，他們一起去散步，窸窸窣窣的聲音再也沒從樓板傳來。

章煦在方聽雲的臉書留言後，過了一個星期，方聽雲發訊息給她，約她午餐，在一家無國界料理餐廳，何時開始出現所謂無國界料理的？但是在人類的世界裡確確實實需要如此分明的國界，或者因為如此，無國界這一詞彙總給她一種虛枉之感。當然，比起她和方聽雲十年後的首度相聚，那一點也不重要。也許是因為隱藏的不安，才使得她在看到見面地點時，出現了這樣的念頭。

她比約定的時間提前了十分鐘來到餐廳，餐廳只有三組客人，其中一桌是獨自坐著的年輕女孩，熟悉的臉龐和五官，她見過多次的，當服務生問她是否訂位？她說出方聽雲的名字時，果然服務生領她來到女孩身邊，女孩說：「我是胡詩晴，希望你不介意。」

介意？她已經介意十年了，整整十年，然後終於明白這對誰都不容易。章煦輕輕搖頭，淚同時奪眶而出，就在此時，方聽雲站在章煦身後，給了她一個擁抱。

「不是我們對彼此視而不見，就能假裝這件事沒發生。」方聽雲說。

清朗簡潔的餐室裡，她們各自吃著自己盤中的食物，交換十年間發生的一些事，原來胡詩晴的母親在那場車禍後不久也因病離世，是鬱鬱而終吧，章煦的腦子裡浮現了這幾個字。可能是因為長年從事翻譯工作，章煦面對各種情緒情景情境，時常不自覺在腦中浮現相應的文字，似乎是對自己解釋著。十八歲的胡詩晴成了孤兒，不得不肩負起照顧弟弟生活的責任，她沒再讀大學，為了賺錢到處打工，兼了好幾分差，如今大弟弟大學畢業，能幫忙分擔家計，她白天工作，晚上讀夜校。

「我曾經覺得上天對我太苛刻，不但奪走我的父母，還要我背負著愧疚，連傷心都不能理直氣壯，覺得對不起車上孩子們的爸媽，但現在我想，我必須放過自己，相信愛可以讓人寬容。」胡詩晴說。

她們在餐廳門口互相擁抱後分手，約定不久後再聚。

章煦的口腔還殘留著迷迭香的氣味，是方才午餐用來醃漬龍利魚的。也許無國界料理就像是狗的品種一樣，由原本的混種，又發展出新的純種，這一切都是人類變化的把戲，我們不能掌控命運，但可以在生活中創造出一些美好，藉此獲得安慰。

木棉花開的時候，章煦停止了翻譯工作，帶著狐狸狗一起搬到一座小島，她留了聯繫電話給管理員，萬一狗的主人回來找牠可以聯繫。小島每日有三班船往來她原本居住的城市，島上只有一家小店，賣些雞蛋牛奶水果衛生紙之類的生活用品。她開始寫作，她決定要為那三十七個沒能繼續展開人生的同學撰寫他們本該要繼續的故事。她突然意識到自己過去從事翻譯工作，是因為她沒法寫下自己真正的想法，於是她翻譯別人的文字，她以為自己偷偷活在這世界上是背棄了其他同學，所以她的想法，她活著的痕跡都應該隱藏起來。

小島上沒有洗衣店，但是租來的房子裡有洗衣機，而且有平臺和充足的陽光，她不再需要因為無法晾曬衣服而往烘乾機裡投幣，讓她的衣服在熱風中上下旋轉。她從島上唯一的一家小店買回一大瓶洗衣劑，從洗衣機中出取出洗好的衣物在平臺晾曬時，一股熟悉的味道漫淹開來，她和狐狸狗交換了一個心領神會的眼神，原來她們都記得樓下走道的人工馨香。

陽光照在白恤衫上微微反光，耀眼的色彩，熟悉的味道。人生便是由或悲傷或喜悅或寂寞或安慰的過往組成，不論你喜不喜歡，不知不覺間已經組成如今的你。

章煦深吸一口氣，這飽含化學的味道，因為記憶，對她和狐狸狗都有了不同的意義。

面對大海，她打開電腦，寫下：「丁悟清留級的那一年，他的憤懣像青春痘裡即將噴發的膿，可能發炎的瘡傷，卻意外因為一帖涼茶消散……」

她敲打著鍵盤，一個一個字出現在電腦螢幕，組合出她偷偷在腦子裡構思多年的情節，於是她知道那些躁動的憧憬的壓抑的失去的青春，不論經歷了多麼沉重的哀傷，終將慢慢被拾回。

# 松鼠的記憶

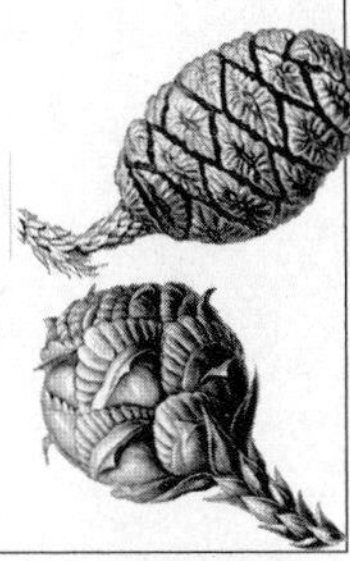

動物學家觀察發現，松鼠在秋天大約會收藏掩埋一萬枚松果，到了冬天可以成功挖掘出四千多枚，可見松鼠擁有良好的記憶力。

但是一個男人如果十年間交往了十個女朋友，十年後記得五個，不但沒人會覺得他記憶力好，只會覺得他薄情。十年中有十個秋季和冬季啊，為什麼標準如此懸殊？

連續加班五天，終於撐到週末，莊梓敖睡滿了十二個小時才被窗外呼呼而過的風喚醒，他翻了個身，不明所以地坐起來，發現屋外風雨交加，他拿起手機滑了下，天文臺發布八號風球，什麼？他驚呼，週一到週五連著加班，那五天怎麼沒颱風？讓他喘口氣，好不容易捱到週末，颱風也湊上來攪局。飢腸轆轆的他打開冰箱，只剩下中秋節沒吃的一枚月餅，他在茶杯裡放進立頓紅茶包注入水後放在微波爐裡按下開關，沒錯，熱水壺也空了，然後他坐在電腦前一邊喝茶一邊啃月餅。那是枚松子棗泥餡的月餅，是玫蕊給他過節準備的，一盒兩枚，另一枚是蓮蓉雙黃餡，在中秋節當日拉著他賞月時一人一半吃掉了。當月光下嚼著月餅的玫蕊確定他吃完自己的那一半時，她微笑瞅著他，那笑裡藏有深意，他看出來了，於是他問：「怎麼了？」玫蕊將剩下的一塊月餅放進口中，三兩下吞嚥了，才說：「你沒聽過嗎？一人吃一半，感情不會散，何況是在月圓之時。」梓敖突然覺得背脊發涼，他腦中浮現吸血鬼的獠牙，不禁打了個冷顫，恨不得吐出蓮蓉蛋黃，這會兒正嚼著棗泥松子的他，突然意識到當時腦中浮現的不應該是狼人嗎？狼人才是在月圓之夜出現啊。

莊梓敖在網上看到天文臺的公告，八號風球會持續至晚上，家裡什麼存糧都沒有，只有這枚吃了不到一半已經甜得沒法再吃的月餅，真不知月餅這款食物是怎麼發展成這樣的？讓人難以下嚥，還非得每年都出現在身邊。昨晚離開公司已經十一點，他完全沒留意氣象預報，不然他至少會去超商買幾包速食麵，因為太累而沒胃口的他去了超商只買了啤酒，昨晚晚餐等於沒吃，難怪他現在這麼餓，經過二十四小時他的胃裡只有半塊月餅。

梓敖決定頂著颱風出門找吃的，一身輕便，出得大樓，還沒走到小區花園門口，傘已經被吹翻，一根被風吹斷的樹枝恰恰落在他跟前，若不是因為吹翻的傘在前一刻將他往後拉了一個踉蹌，說不定就正好砸他頭上。管理員應聲出來，看見他喊：「這麼大風雨別出去了。」他回答：「家裡沒吃的，我出去買點。」話聲剛落，一個身影來到眼前，聰明，她穿著雨衣，手上拎著一只袋子，她對梓敖說：「我這有速食麵你先拿兩包，等風雨小些再出去吧。」

行走確實困難，已經淋得一身濕的梓敖和穿雨衣的女孩先一起退回大樓內，女孩拉下雨衣帽子，梓敖才看清楚剪著短髮的女孩長得十分清麗，女孩敞開袋子，裡面有好幾包不同口味的速食麵，她說：「你挑吧。」梓敖說：「都可以。」女孩隨手拿了兩包給他，兩人進了電梯，梓敖按下二十，女孩說：「你也住二十樓？」這話的意思是她也住二十樓囉，梓敖說：「怎麼沒見過你？」女孩笑了笑：「我昨天才搬來，家裡什麼吃的都沒有，所以冒雨出去買啊。」梓敖想起來沒拿錢給女孩，忙掏出錢來，女孩不接，說：「我也弄不清多少錢。」電梯到二十樓了，梓敖只好說：「不然等風雨小些，我再買了拿給你。」女孩說好，打開門進去了。

梓敖看看手中的泡麵，一款是韓國泡菜，另一款是咖哩，看來女孩偏好異國風。

週日，颱風已在別處登陸，雖然隨之而至的旺盛氣流帶來豐沛雨水，但是風勢明顯趨緩，梓敖於是外出購物，不然接下來又是整週忙碌，他的冰箱再空下去他也受不了了，當然也買了速食麵。以還麵為藉口，他去按了女孩門鈴，她打開門，看起來正在收拾東西，接過泡麵後，說沒有梯子，問他能不能幫忙換燈泡。於是梓敖又以換燈泡為理由，進了女孩家，換好燈泡，又幫忙掛窗簾。女孩叫Emily，Emily說他幫了許多忙，殷勤地用平底鍋煎了一碟冷凍鍋貼謝謝他，再從冰箱裡拿出兩罐啤酒，一人一罐聊起來。離開Emily家時，梓敖覺得他們的關係邁進了一大步，不但是守望相助的鄰居，也算是朋友，交換了微信，還約好下週梓敖帶她認認附近的路。

當然，這些他都不會告訴玫蕊。

梓敖直覺Emily對他有好感，這是雄性物種廣撒種子增加繁衍機會的本能，雖然時至今日大多數男人都害怕和自己有性愛關係的女人說：「你要當爸爸了。」但是原始的本能還是在。

玫蕊的本能則是在和男人上床後企圖掌握他的生活，因此她想發設法讓梓敖給她鑰匙，而梓敖則固守領地堅決抵禦入侵，他知道一旦交出鑰匙，就徹底失去了自由。玫蕊企圖說服梓敖，他忙於工作時，她可以為他打掃洗衣熨衣補充冰箱食物，讓他更後顧無憂地投入工作，他當然不會因為這麼一點小惠就交出主權。

梓敖不解，為什麼男人和女人有這麼大的差別，男人的積極是在上床前，女人則是在上床後。

當新鄰居 Emily 主動拿出啤酒遞給他時，梓敖覺得自己已經收到信號，對於雌性動物發出信號置之不理的雄性動物是失禮的，梓敖這麼認為。

要執行週末帶 Emily 在附近逛逛的計畫，首先必須阻止玫蕊出現。前一週連續加班，緊接著颱風，備受冷落的玫蕊不滿情緒幾乎將之滅頂，梓敖當然可以騙玫蕊週末要開會云云，但是梓敖根據過往經驗發現，謊言愈接近事實愈不會被拆穿，當然如果能不說謊就更好。他和 Emily 約了週末下午兩點，他計畫先散個步，路線途經圖書館、郵局、市場、藥房等生活中可能需要的場所，然後喝杯咖啡，再去逛超市，他希望超市裡的香草烤雞和德國豬腳能促成回 Emily 家共進晚餐的計畫，那麼他就會買一瓶智利白酒和無花果塔，那色澤清新造型精巧的法式甜塔總能得到女人的喜愛，要知道伊甸園裡穿在身上的就是無花果葉。所以他約了玫蕊週五晚上看電影泡夜店，直到看日出，七點再送她回家，第二天手機關機是因為徹夜約會睡昏過去了，直到晚上十點才醒來發訊息給她。

週末的約會果然順利完成，在梓敖細心安排下，很快發展成雙線並進的形式，雖然這讓他更無暇休息，但是一股原始的動力支撐著他，讓他甘之如飴。

轉眼耶誕節到了，重要節日對於有兩個或兩個以上情人的人，無疑是一種考驗，而且耶誕節後面還緊接著跨年夜。梓敖認為最妥當的辦法是不論平安夜還是跨年夜，都別和其中一個情人過，不然被另一個發現的機率極高。於是梓敖在平安夜真的留在公司加班了，當同事們去狂歡之際，他自願留下來完成明日須交件的工作，得到主管大大的好評，同事為了感謝他，晚間還外送了一桶炸雞給他消夜。他在無人打擾的情況下很有效率地完成工作，夜間十二點故意在臉書打卡以昭公信，然後腆著肚子打著飽嗝，丟掉一桶雞骨頭，預備回家蒙頭睡覺時，他聽見了平安夜的歌聲，Emily 捧著一支蠟燭站在公司門口。梓敖嚇了一跳，他不喜歡驚喜，許多謊言被拆穿就是因為驚喜，但是他才剛和 Emily 發展成可以上床的關係，只好按捺著心中不悦，假裝感動，說：「不是叫你先休息嗎？要是你來我還沒忙完，怎麼辦？」

「那我就陪你加班啊。」Emily 甜甜一笑。

梓敖只好摟著 Emily 進了電梯，他在她臉頰輕啄了一下，沒想到 Emily 立即熱情回應，擁抱著他湊近雙唇，還將舌頭探進了他這邊，他臨時決定待會兒不回自己家，直接去 Emily 床上。電梯門開了，Emily 仍然緊貼著他，突然他聽見有人大聲喊他的名字，第一時間還以為是自己的幻覺，但緊接著Emily一離開他的身體，他的臉上就挨了重重一耳光，電梯門外等著的是玫蕊，怎麼會這樣呢？他回不過神，玫蕊氣極了，連聲調都變了：「她是誰？」

「我是梓敖的女朋友。」Emily毫不示弱自己回答了。

「那我呢？」玫蕊還是問梓敖，狀似威脅，其實有點無力。

「這是汪玫蕊。」一時緊張，梓敖脫口而出，彷彿介紹初次見面的朋友。

玫蕊更火了，往前一步，梓敖又挨了一耳光。她從齒縫透出一句：「莊梓敖，我再也不要見到你。」說完，氣恨恨地掉頭而去，三步併作兩步上了等在大樓門口的計程車。

梓敖鬆了一口氣，他不擔心分手，只擔心糾纏。他對於和玫蕊之間的關係已經有些膩了，不知如何調整，更不知如何提分手，怕她又哭又鬧，如今拆穿了也好，是她自己說分手的。

「她是誰？」現在換Emily問了。

「前女友。」梓敖說得理直氣壯，他可沒說謊。

「分手了，為什麼還來找你？」

「我也不知道，我們分手後沒聯繫啊。」

「難道是想復合？」Emily疑惑地說，還好很快她就放棄追究了，說：「我在烤箱預設了烤披薩，我自己做的，不是超市買來冷凍的，趕快回去，不然披薩冷了不好吃。」

剛吃完六塊炸雞的梓敖一點都不餓，但此刻他非常感謝烤箱裡的披薩，以至於他完全忘了Emily剛才說若是他還在忙就陪他加班，既然不知何時可以收工回家，為什麼先預定了開烤箱的時間呢？玫蕊的意外出現造成的衝擊讓梓敖忽略了此一疑問，一心只希望披薩夠大，能塞住兩人的嘴，停止有關玫蕊的話題，吃完披薩直接上床。

如今梓敖倒不必擔心跨年夜如何安排了。

玫蕊遭劈腿負氣分手，梓敖的感情世界又恢復一對一的狀態，他並未覺得自己背叛玫蕊，加之分手是玫蕊嚷出來的，而不是他，所以他也沒有太多歉疚，再說他也挨了兩耳光，應該可以折抵吧。他專心地和Emily交往了一段間，發現他們兩人意外合拍，生活喜好飲食習慣消遣方式等都能配合，就連第一次上床都覺得兩人天生具備默契，神祕的探索一擊就中。唯一美中不足的是Emily是他的鄰居，能輕易掌握他的行蹤，使得他們明明沒有同居，卻有同居的效果，雖然上床方便，但是相較於其他不便，依然讓梓敖有些未雨綢繆式的困擾。

每日忙於應付工作，各種複雜的人際關係乃至日常瑣事，已經讓梓敖疲於奔命，他其實還來不及進一步思考和 Emily 之間該如何拿捏，只能順水推舟往下滑行。就在他以為將迎來升職加薪的當口，竟意外地丟了工作，主管說有人洩露公司數據，屬於商業機密，調查 IP 位置後發現是梓敖。梓敖大呼冤枉，他沒做過這樣的事，要做也不可能這麼笨，一定有人陷害他，但他這會兒充分明瞭了什麼叫百口莫辯，任他怎麼解釋也沒人聽。更糟的是，有了出賣公司機密的紀錄後，他根本別想在這一行混下去，公司還可能告他，他能全身而退不惹官司已屬幸運。

梓敖捧著私人物品坐上公司大樓前排班的計程車回家，並沒有像電視劇中演的那樣捧著一個紙箱，裡面是馬克杯小盆栽等雜物，這似乎已成為經典姿態，他其實是拎著一只連鎖賣場的購物袋，剛好抽屜裡有。

回到家，他沖了杯即溶咖啡，打開電腦想上網查一下銀行的存款，計畫下一步，接下來的發現讓他整個人矇了。他的帳上只有不到一千元港幣的存款，其實原本恐怕也沒有太多存款，但依據記憶總該還有兩萬元上下啊，他不是月光族，但也從未積極存款，因為他有信心未來會賺得更多，所以覺得眼前無須節儉度日苛刻自己。他向銀行查詢，銀行表示前兩日他從網路銀行將戶口內的兩萬元轉給了四個帳戶，那四個帳戶分別是援助罕見疾病兒童、偏遠地區清寒學童、泰北弱勢女童和非洲扶貧計畫。他還在驚疑詫異中，就收到了其中一處公益單位發到他郵箱的感謝函，而他心裡仍琢磨著怎麼說明這是網路疏失，可否將錢還給他。

面臨即將交不出房租，捉襟見肘的生活，梓敖盤算也許應該先退了房子，拿回押金，回爸媽那湊合一陣子，眼前唯一需要解釋的大概就是Emily了，怎麼說呢？告訴她實話嗎？會不會太沒面子呢？正左思右想，電話響了，是玫蕊？他心裡一緊，不會來落井下石吧，雖然是玫蕊自己打來的，但是他接聽後，電話那端卻陷入沉默，他尷尬地說：「你說話啊。」

「你不覺得你欠我一個解釋嗎？」玫蕊說，這話聽著有些耳熟。但是梓敖不解，是她先說再也不想見到他，結論都有了，還要解釋做什麼？

梓敖不是一個不識時務的人，為了息事寧人，他說：「是我對不起你。」

「你們背著我來往多久了？」

「我才剛認識她。」

「平安夜你既然約了她，為什麼發訊息要我去找你？是因為你沒法親口和我說你已經移情別戀了嗎？你不知道讓我親眼看到你和她甜蜜的模樣對我傷害更大嗎？」

梓敖沒有發訊息給玫蕊啊，雖然這段感情對他確實已如雞肋，但他也還沒覺得到了必須處理的時刻。他沉默著，不知道現在怎麼說可以快點脫身，玫蕊哭哭啼啼又說了很多，從她爸媽以為他們即將結婚，一直逼問怎麼會突然分手？到下個月同學會，別人都攜伴只有她落單，絮絮叨叨，聽得梓敖發怵，擔心自己哪沒說好，真的得和玫蕊復合並結婚。玫蕊一直哭一直說，他聽得發暈，於是說：「你忘了我吧，是我不好，我剛辭了工作，也許會離開香港一陣。」離職一事是真，他只是轉被動為主動，依然符合他的說謊原則。

「和她一起嗎？」

「不，我一個人。」梓敖這說的是實話。

「那你們……」玫蕊問，語氣中似乎燃起一絲希望，梓敖突然想，洩露數據以及網路銀行轉帳，該不會是玫蕊動的手腳吧？她又剛好在這時候打來，梓敖陷入懷疑，更不知該如何應對了，於是匆匆說：「眼前的路還不確定，感情的事順其自然吧。」他藉口手機沒電收線，靜下來後回想，剛才的表現應該無一處可能使玫蕊誤以為他有復合的意願，但是他該試圖弄清楚是不是玫蕊想報復他，所以暗中陷害他，只是怎麼做才可以知道陷害他的人究竟是誰呢？

梓敖懷疑洩露公司數據以及偷偷在網路銀行轉帳的是玫蕊，為了報復他的背叛，他卻忽略了是誰用他的手機發訊息給玫蕊呢？松鼠在秋天大約會收藏掩埋一萬枚松果，到了冬天可以成功挖掘出四千多枚，他忽略的疑點線索就在那五千多枚松果裡。

梓敖退了租房，暫時搬回家，爸媽有些意外，他搬離家之後，他的房間堆滿了暫時用不到的東西，所以如今他突然回家，家人因不便而生出的不滿多過朝夕相聚的歡喜。尤其是他的妹妹，幾乎流露出嫌棄，她馬上聯想到他是因為經濟窘迫回家蹭吃蹭喝蹭住，對於自己的妹妹，梓敖決定不和她計較。他和 Emily 繼續保持約會，多數約會地點是 Emily 家，他說外面人太多，擁擠讓他發昏。事實是在家約會他的成本只有地鐵票，有時他會從爸媽冰箱裡拿兩塊牛排去 Emily 家煎，或者是一盒冷凍虎蝦做起士焗蝦，如此一來他貢獻了晚餐，也不算全是占 Emily 便宜。但是當媽媽晚上要做飯時發現冰箱裡的食物竟然不翼而飛，全家人也就更煩他了。

洩露公司數據的事漸漸在業內傳開，梓敖找工作的事愈發困難，Emily 知道後並未因此嫌棄他，反倒鼓勵他自己創業，還協助他規畫向銀行辦理貸款，完全沒有資金的他，竟然有機會實現自己開拉麵店的夢想，梓敖真是喜出望外，對於家人潑冷水的話語也能充耳不聞了。忙了幾個月，新店終於開張，家人朋友也都應邀前來捧場，一片熱鬧，但是這熱鬧只維持了不到一週，生意便顯出冷清困窘，一個月後，梓敖竟然有跳票危機了，他忙查帳目，赫然發現果然有人動了手腳。

原本梓敖的電腦、手機、網上銀行用的全是同一組密碼，大家都知道不能用自己的生日做密碼，太容易破解。為了避免女友希望梓敖以她的生日做密碼，以示愛情的堅貞，梓敖苦心編了一個故事。故事裡他小時候養了一隻混種犬叫做哈利，哈利陪著他一起長大，在他二十歲那年因年邁離世，他傷心不已，不相信朝夕相處十五年的哈利和自己緣分已盡，他默默覺著某日哈利會以其他身分回到他身邊，所以這組密碼是他和哈利之間的祕密，HL2007919，由哈利的名字和離開他的日子組成。

事實上，梓敖小時候家裡真養了一隻叫哈利的狗，只不過和哈利感情這麼好的是梓敖他媽，不是梓敖。所以這故事依然符合他的説謊原則，而且他發現特別能打動女孩的心，所以他一直持續用這組從他證件資料都推估不出的密碼，直到不久前公司出現洩密郵件，以及銀行帳戶被入侵後，他才改換了密碼，而新密碼除了自己，唯一知道的人就是協助他創業的 Emily，這組密碼是剛開張的店名縮寫和開幕日期。

此時，Emily 已經消失不見，手機關機，租屋人去樓空，梓敖萬分不解，為什麼 Emily 要這樣做，讓他信用破產對她也沒好處啊，所謂損人不利己，何必浪費時間為之？正當梓敖疑惑時，他收到了 Emily 的信，郵局寄來，沒寄信人地址，Emily 的信上這樣寫：「多年前我們曾經交往過，近一年的時間裡我一直以為你是愛我的，直到我發現你劈腿。分手後，我痛苦了好長時間，不再相信愛情，這些傷害都是你造成的。沒想到當上天安排我們再重逢，只不過從中文名字換成英文名字，從長髮變為短髮，你竟然根本不記得我。所以我決定報復，你在愛情的世界裡無信，我要你在真實人生中受到信用破產的懲罰。」

重逢後的這幾個月，Emily 一直以為梓敖即使一開始沒認出她，接下來在交往中也會想起她，她甚至暗示過他，當他們舊地重遊，當他們聽到以前喜歡的音樂，當他們一起吃口味依舊的碗仔糕……沒想到他不僅不記得她的容貌、聲音，也不記得她的習慣喜好，甚至不記得和她做愛的細節，而她卻記得他在和她親熱時曾喚她Aphrodite，當時他說Aphrodite是希臘女神的名字，象徵愛情和美麗。多年後，她又從他口中聽到這個名字，他卻不記得她是誰，她才明白他為所有和他上床的女人取名Aphrodite。

直到這一刻，她對於曾經出現的報復念頭再也不猶豫了。

Emily和他交往過？梓敖的震驚僅次於知道自己開出去的支票跳票了，怎麼他一點印象都沒有，他努力回想過去交往的女朋友，發現只能想起模糊的面孔和身影，這樣就認定他薄倖，公平嗎？也許他是過度傷心而出現的記憶喪失啊，也許他是只專注於眼前，所以將曾經愛過的女孩從心底剷除啊。所以他丟了工作，帳戶被盜全都是Emily做的，包括用他的手機發簡訊給玫蕊，他竟然渾然未覺。

坐在空無一人的拉麵店裡，梓敖可以清楚感覺到蝦、豬排、雞蛋正在冰箱裡開始腐壞，店門口的鯉魚旗卻興高采烈地迎風招展。祕密一旦說了就再也不是祕密，愛情即使結束了卻還是愛情。

梓敖想，對於那些掩埋了卻沒有被松鼠找到的松果，松鼠究竟記不記得？牠是懊惱自己忘了埋在哪裡？還是壓根就不記得自己曾經埋了那麼多松果呢？徹底忘記，卻不能等於不存在，或沒發生過，忘記的人又該怎麼辦？

至於那些被遺忘的松果將長成大樹，顯然將它們埋入土裡的松鼠自己並不知道。

# 暮雪

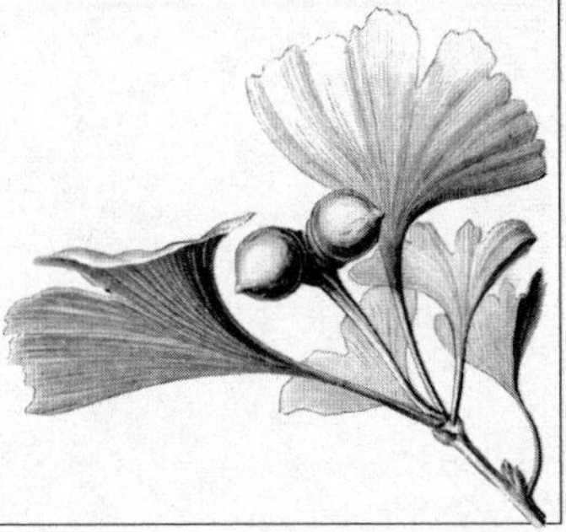

晨起，陽光斜陳在磨石子地上，玨筠坐在藤椅上喝一盅鐵觀音，夏天她也喝熱茶，是多年的習慣了。還不到七點，報紙大約要再過半個小時才會送來，她無聊地打開電視，讓偌大的房子裡有點聲音，現在很少有人訂報了，幫她打掃的阿英說：「不如在超商買報紙，一個月多三十次兌獎機會，兌到兩百元就可以免費看二十天報紙。」他們家從玨筠有記憶起一直訂報，她不想改變這習慣，每天早上送報生騎著摩托車將捲起來的報紙卡在院子大紅鐵門上方的鏤空處，已經是這幢老房子記憶的一部分，也是這房子如今少數的到訪者了，以前郵差每日經過，偶爾還往信箱裡放進些帳單廣告函，現在也少了。阿英說：「沒人寄信了，大家都用LINE。」

很多事都和玨筠記得的不一樣了，比如現在的房子都鋪地磚，各種顏色的地磚，她屋裡磨石子這種老派地板幾乎看不到了。這樣的房子一眼就能看出年代，木門木窗磁磚浴盆，附近差不多年代的老房子若不是改建了，也多半換了鋁門鋁窗，一體成形玻璃纖維浴缸，尤其是在磨石子地上新鋪了淺色地磚，老房子一下便明亮起來。有鄰居建議她也換換裝潢，她不想動，這房子住了六十幾年，一直是這樣，她不覺得有什麼不好。

玨筠上小學那年，爺爺奶奶帶著她和媽媽搬到這房子，房子是媽媽婉娟選的，附近有一所小學。玨筠原以為是為了自己讀小學方便才搬到這，等她小學要畢業了，她才知道自己六歲時，隻身留在大陸的爸爸另外娶了新太太，她媽媽氣得要帶她走，爺爺奶奶好說歹說，聲明只認她這個媳婦，等一回老家，立馬趕那個沒有名分的女人走。為了留住他們母女，爺爺買下這房子，房屋所有人寫的是媽媽的名字。金門炮戰之後，他們很少再提起爸爸的事，爸爸似乎也不再來信，爺爺奶奶估計一時回不了老家，身邊這一個兒媳婦一個孫女成了唯一的家人，若是兒媳婦改嫁了，他們兩老更沒指望。

搬到這棟房子那年，玨筠的媽媽剛滿三十歲，玨筠長大後有一回問媽媽：「那時候你怎麼不再嫁？」

玨筠的媽媽沒有像電視劇裡常見的無私母親那樣回答：「因為媽媽已經有了你，你才是最重要的，媽怕你受委屈。」

玨筠的媽媽說：「一開始，我以為幾年就能回老家，還是盼著和你爸團聚。」

「後來呢？」

「你爺爺奶奶想方設法防著我改嫁。」她說，語氣中有怨有恨，讓玨筠意外的是，還有一點驕傲。

婉娟的公婆沈先生沈太太來到臺灣後，沒有營生，將帶來的金條全買了房子，自住的這一幢外，還有三戶出租，生活倒也寬裕。他們一心盼著能和獨生子偉翰團圓，老夫妻倆有時拌嘴，不免埋怨當時離家怎麼也該強逼偉翰一起走，不該同意他留下。偉翰因為捨不得創下的生意，要爸媽帶妻女先到臺灣，他一個人要走也容易些，想將生意轉出去，沒想到局勢改變得很快，接下來根本買不到船票。

連年戰亂，加上兒子不在身邊，沈先生缺乏安全感，疑心病愈來愈重，不信任兒媳婦和孫女，末了連沈太太也信不過，房租一定自己去收，拿回來存入帳戶，存摺印章都由他藏著。飯是兒媳婦做，但是菜由他來買，捨不得吃貴的菜，蝦蟹不用說是不會買，若有人提起牛羊肉，他也嫌不會過日子，豬和雞偶爾還能在餐桌上見到，不過更常吃吳郭魚，沈先生說是新鮮，更多理由是價格低廉，豆腐幾乎隔天就吃，當然也是因為便宜，而且做法多。

玨筠小學六年沒參加過學校旅行，因為爺爺認為不必花那個錢，到學校是為了讀書受教育，不是為了玩，也不是為了交朋友。婉娟雖然心疼玨筠，但因為手裡沒錢，連菜錢水電費等一應攢在老先生手裡，她連私房錢都沒機會藏。沈先生沈太太唯一大方的便是現下住的房子登記在婉娟名下，那是實在怕她帶玨筠離開，且沈先生心裡盤算，反正這房子是要住的，也不可能賣，只要婉娟不走，家裡洗衣做飯打掃的活就都有人幹了。

玨筠讀大學時，有個同學的爺爺奶奶和她一樣來自大陸，那同學說經歷過戰亂的爺爺奶奶活得特別瀟灑，因為看多了生死，明白錢財帶不走。玨筠聽了後想，原來相似的遭遇可以帶來不同的影響，爺爺節省到早餐吃白煮蛋沾的醬油如果倒多了，他都要收進冰箱，明天早上再拿出來用。

玨筠四十歲的時候，政府開放探親了，爺爺奶奶都已經去世，她問媽媽要不要回去探親，婉娟說：「探誰？」

「你不想看爸爸的話，也可以去看看姊妹，或者只是看看老家。」

婉娟回答：「我想想。」

婉娟的爸媽也都不在了，她還有一個哥哥在南京，一個妹妹在杭州，老家無錫是沒人了，玨筠的爸爸偉翰雖說這些年少有來信，但是她知道他和公婆還是有來往的，只是如今公婆不在了，隱約聽到提起過，偉翰在蘇州，又生了兩個兒子，如今也都大了。

婉娟於是真在心裡盤算起回老家的事，她發現自己最想見的不是哥哥，也不是妹妹，還是偉翰，但見了要做什麼呢？問他為什麼另娶嗎？婉娟到臺灣不過五年半，偉翰便另娶了，當時她的心裡滿是怨恨，可如果就今日來看，那一分離怎麼也是四十年後才可能再聚，再娶似乎也就不那麼值得埋怨憤恨了。

婉娟於是先寫了信給大哥，大哥回信很快就來了，說很希望她能回去，畢竟是手足至親，分隔了半輩子，總要在有生之年團聚，爸媽在天之靈也感安慰。整封信沒提及偉翰，婉娟想，畢竟是男人，不懂她的曲折心事，於是她又寫給妹妹，冰雪聰明的妹妹不知是設身處地地前後思量過，還是猜出了她信中提到南京往杭州火車好幾個小時，是否途中休息，也遊覽名勝玩一趟，其實另有所指。回信上，妹妹提到了偉翰，原來偉翰再娶的妻子已經病死，兩個兒子成年都結了婚，住在上海，眼下他也是一個人在蘇州。妹妹大約猜著她的心思，怕直接說見面，婉娟的面子上下不來，因此交代了前姊夫的近況後，話鋒一轉稱蘇州園林很值得一觀，建議婉娟先到大哥家住幾日，她和妹夫倆去南京接她後，往蘇州玩兩日，然後再去杭州她家多住幾天。

婉娟於是在珏筠的陪同下飛往南京，兄妹聚了，南京中山陵、蘇州拙政園、杭州西湖都遊覽了，半個月後才回到臺灣，婉娟於是明白她只能繼續在這房子裡度過餘生。偉翰是見到了，但是蒼老又陌生，更像是已經去世的公公，她幾乎找不到丁點記憶中丈夫的風采。婉娟和玨筠在蘇州偉翰家裡住了幾天，偉翰把兩個兒子叫了回來，趕著婉娟喊大媽，玨筠叫姐姐，請她們母女在得月樓吃松鼠桂魚、蟹粉豆腐，朱鴻興吃蝦仁爆鱔麵。婉娟覺著自己是外人，在偉翰兩個兒子的熱情招待前，她和偉翰無話可說，在人後只有他倆時，依然無話可說，她總算明白一年新婚燕爾不敵四十年分離，他們原就是陌生人啊。

臨了，偉翰終於開口問起臺北的財產，怎麼說他的兩個兒子才姓沈啊，何況孫子都有了，婉娟怎麼也該拿些錢回來。婉娟氣得發抖，她的一輩子怎麼說？照顧兩個老人，病榻前擦屎抹尿地過了好些年，公公中風後癱瘓，因為缺乏安全感，脾氣更暴躁；婆婆晚年失智，每日沒完沒了地埋怨，夜裡不讓人睡，吃飯時邊吃邊吐，還將自己嚼過卻嚼不爛的肉放回菜碟裡……這些偉翰都不問，想起要錢，這是婉娟守了一輩子活寡，當了一輩子看護佣人換來的。

其實，婉娟去南京前，心裡曾想過，最理想的狀況是玨筠找個合適的對象嫁了，她到蘇州和偉翰一起生活，臺中的房子一幢留給玨筠，另外兩幢賣了，一半的錢婉娟偉翰養老，剩下的玨筠和偉翰兩個兒子均分。沒想到見面後婉娟才明白並沒有自己想像中的情分，他們原就是家裡安排的老式婚姻，沒有戀愛，沒有鍾情，若是時代太平也許也就順順當當往下過，偏生遇到了這麼個年頭，婉娟未改嫁不是因為情深不變，是公公婆婆拘禁著她，她的日子如同坐牢，哪都不能去，就連玨筠學校開家長會也是公公代表參加。

蘇州回來後，婉娟心一橫，不打算再與偉翰聯繫，未來能指望的也只有玨筠了，玨筠年輕時，有人來家說過幾個對象，公公婆婆還在時，總懷疑人家是圖他們的錢，百般阻撓，終於玨筠四十了還沒嫁人。如今是母女作伴生活，以前公婆對婉娟採取的是強硬專制的態度，婉娟為了攏絡玨筠，用的則是溫柔委屈地手法，凡事擺出玨筠作主的形式，但是玨筠感受到的依然是控制，從小爺爺奶奶控制了她和媽媽，不准出去玩，不准參加課外活動，不准和同學看電影，不准買漂亮的短裙，不准燙頭髮，不准這不准那，玨筠沒有一點自由。爺爺奶奶終於走了，一向忍氣吞聲的媽媽，每天做了飯等她回來一起吃，她沒回來，婉娟也不吃。週日一起去大賣場購物，晚上一起看連續劇，下班時間沒立刻回家，媽媽的電話就來了，她意識到自己依然不得自由。蘇州回來後，情況更趨明顯，婉娟已經不想打起精神，她每個月固定要去醫院回診，她必定要玨筠陪著一起去，其實她才六十多歲，完全可以自行外出，她不要，她依附著女兒，怕她離開自己的方式是完全仰賴她。婉娟沒有意識到自己其實也控制著玨筠，雖然採用的方式不同於公婆，但是不論溫柔還是專制，控制都還是控制。

玨筠這時終於明白自己是一個從出生便已經老了的人，她從未年輕過，這世上沒人比她更知道老是怎麼一回事？因為她的生命裡只有蒼老。

幾年後，婉娟的情況更加不好，常常整夜無法入睡，即使吃了安眠藥，凌晨兩三點也就醒了，她起來坐在客廳看電視，怕吵醒玨筠，電視的聲音關成靜音。玨筠起來上廁所，看見母親坐在黑暗裡，怔怔望著螢光幕，暗夜裡電視螢幕閃著詭異的光輝，韓劇裡的恩怨情仇無關痛癢地在小客廳裡無止境地翻騰。婉娟看見玨筠起來，也忘了現在是幾點，忘了玨筠一早還要上班，拉著玨筠念叨起來，嘆息著自己的一生竟然如此地過完了，沒過過一天順心日子，沒做過一件自己想要做的事，不甘心啊。初時玨筠還會耐性聽婉娟講，問婉娟如果可以最想做什麼？婉娟說：「最好是能成為畫家，我從小畫得就好，不然當祕書也可以，我們那個年頭像我這樣讀過高中的女孩出去找份工作是沒問題的，剛來臺灣的時候，我一直希望出去上班，你爺爺說什麼也不答應。」

玨筠說：「你不必聽他的啊。」心裡想，說到底還是母親怯懦，下不了決心。

「一開始，你爺爺反對，那時我想隔個幾年後見到你爸時，讓他知道我不理會公公的反對也不好，所以沒堅持，後來知道你爸另娶，我已經三十多，完全沒工作經驗，硬要把你帶走，你爺爺奶奶絕對不會答應，就這樣我什麼也沒能做。」婉娟的委屈是理直氣壯的，她一生的不如意全是沈家人造成的。

玨筠嘴上沒說，心裡卻想，爺爺奶奶過世時母親六十歲，她見過許多人在退休的年齡重拾起以前想要做因為環境沒能從事的興趣，媽媽大可以去學畫，社區大學裡便有開課。但是媽媽去蘇州前把期待放在丈夫身上，蘇州回來後放在女兒身上，她從未放在自己身上，她以為如果當年自己出去工作，做個祕書總是可以的，往後還能升職，所以在婉娟心中自己失去的不僅是份祕書工作，而是部門主管的位置。但是玨筠知道職場有職場的辛苦，在家裡婉娟不能做到的，換個地方依然是阻礙重重，婉娟以為自己現下的依賴是沒給她機會，卻不知就是因為她依賴慣了的習性，當年才沒能有過自己生活的機會。

婉娟另外反覆說起的便是自己的婚姻，婉娟年少時在南京家境頗豐，人長得清秀，且當時讀過高等中學在女方也算是添了件嫁妝，所以來提親說媒的人不少，婉娟原本屬意另一人，那人後來赴美留學，成了美國名校的教授，婉娟輾轉聽說了，總有種原該屬於自己的幸福被別人拿走了的遺憾。婉娟之所以最後嫁給偉翰，是因為婉娟的母親總和她說：偉翰是獨子，沒有妯娌矛盾，也不必伺候難纏的大姑小姑，但沒想到也因為她是唯一的兒媳婦，她的一生被禁錮得死死的。

八十歲以後，婉娟反覆回顧，覺得當初眾多追求者中實在不該選擇玨筠的父親，於是不管看電視劇還是新聞，各種情節她最後都能將之聯繫到自己的婚姻，她從：「你知道那時候好多人想追求我，我怎麼會揀了你父親……」開始，有段時日幾乎隔天就要將這往事說一遍，說了總有兩三年，一日，玨筠實在忍不住回嘴道：「當年你若真嫁給那人，他大約也沒法去美國留學了，那個年代去美國多辛苦，你能支持他完成學業嗎？若是真能，不論你嫁了誰也不會是今天的景況。」

「那是因為這個時代啊。」婉娟順水推舟。

「不是所有人都荒廢了人生啊。」

後來，在未能實現的人生事業，以及年輕時錯過的可能婚戀之外，婉娟開始溫柔委屈地要求玨筠提早退休，溫柔地體貼玨筠每日擠公車上班的辛苦，委屈地表達自己獨自在家的孤單寂寞。況且兩份租金足夠生活，母女倆在過去公婆的壓制下，省吃儉用慣了，如今稍有奢侈，反而心中不舒服。平日裡就連下大雨，玨筠也不搭計程車，所以租金根本花不完，家裡完全不需要玨筠的薪資。是的，家裡不需要玨筠賺錢，但是玨筠需要出去透氣。

一夜復一夜地念叨，玨筠逐漸失去初時的耐心，她殘忍地揭穿婉娟缺乏擔當的怯懦性格，婉娟辯解著，對玨筠的頂撞並不發火，卻更讓玨筠生氣。如果婉娟能勇敢為自己爭取，玨筠讀書時也不至於什麼都不能參加，從學校的旅行到社團活動，除了上課，爺爺奶奶都禁止，她甚至不能和同學在星期六下午去看場電影吃碗冰。婉娟無力地訴說著自己的隱忍無奈，玨筠心裡卻浮現年輕時看過電視上播過的一部電影，一對母女在客廳裡進行的冗長對話，最後以一句：「晚安，媽媽。」畫上句號，女兒決定自殺。

從小學畢業那年開始，自殺這個念頭就不時出現在玨筠的腦子裡，而她努力捱到五十歲時，七十多歲的母親對她哭訴：「如果不是為了照顧你，我早走了。」婉娟口中的走了，有兩層涵義，有時指的是自殺，有時指的是離家出走。所以玨筠是綁住婉娟的另一個沈家人，對不起婉娟的除了囚禁她的公公婆婆，變心另娶的丈夫，還有唯一的女兒，媳婦妻子母親三重身分，終於讓婉娟一丁點自由都沒法擁有。

婉娟過世的那一天，玨筠的心情極為複雜，她既哀痛捨不得，但也感到輕鬆自由，她陪伴了三個老人走完他們的人生，終於只剩下她自己，可以過自己想要的日子了。雖然此時玨筠也已經老了，但她不在乎，她去流浪動物之家領養了兩隻貓，她從小就想養貓，卻始終遭到反對。

既複雜又冷清的後事辦完，玨筠提出了退休申請。複雜的是她依循古禮做七，冷清的是無親無友，她獨自完成一切，燈下獨自一朵一朵摺著紙蓮花，火前獨自焚燒為母親準備的衣物什具。主管不明白她何以在此時申請退休，尚未屆齡的玨筠實在並無其他需要提前退休的理由，因而擔心她會不會因為失去唯一的親人而消沉厭世，她堅定地回答：「我想過一段自在安靜且隨心所欲的生活。」玨筠猜想著有多少人真正過過這樣的生活。

而婉娟如果知道，玨筠竟然在她死後申請了提前退休，是會大惑不解，還是勃然大怒呢？

她去旅行社報名參加旅行團，去哪都可以，除了陪母親回蘇杭探親，她什麼地方都沒去過。旅行社推薦日本賞楓泡湯行程，她嫌貴，五天要三萬多，旅行社業務立刻改推薦泰國，六天只要一萬多，玨筠報名了。旅行團安排的住宿是兩人一間，別人都有伴，只有她沒有，所以她和領隊住一間，途中領隊發現六十歲的玨筠居然是第一次出國旅行，大感驚訝，玨筠淡淡地說：「爺爺奶奶不准，他們認為旅行完全沒必要。等爺爺奶奶過世了，我媽一個人，她說老了玩不動了，我也不能自己出去玩，把她一個人放家裡。」

「你這就是所謂的親情綁架。」領隊喔一聲後，下了一個結論。

那次旅行並不如玨筠想像的美好，陌生的飯店房間睡不好，和陌生人一起吃飯吃不好，再加上每天要坐好幾個小時的遊覽車，她沒體味出旅行的樂趣，海灘上眾人趨之若鶩的拖曳傘、香蕉船、水上摩托車等，她不敢嘗試也沒興趣。返家後，旅行社與她聯繫，想和她推銷其他行程，她坦白說了自己的看法，旅行社業務說：「可能你不喜歡熱帶，可以去韓國賞雪。」這業務聰明，記得日本她嫌貴，改推較便宜的韓國。業務繼續推銷：「韓劇《冬季戀歌》看過吧，就是劇中取景的江原道。」玨筠心想泰國確實是熱，陽光也太強，她還沒看過雪呢，在業務的遊說下，報名參加明年二月的韓國賞雪團，因為是農曆春節後的淡季，有促銷優惠價。

獨自參加旅行團的玨筠這回不是和領隊一間房，而是和一家五口同團出遊落單的那個成員同一間房。這五人的組合是爸爸媽媽兒子兒媳和女兒，女兒已經年近四十仍未婚，比她小了八歲的弟弟倒是結婚了，弟弟夫婦為表孝心帶爸媽出遊，媽媽是韓劇迷，所以選了這個行程，姐姐也是韓劇迷，且不願意獨留家中便硬湊上來了。玨筠的年紀其實和這家中的媽媽相近，發現玨筠依然單身時，姐姐彷彿看見了二十年後的自己，屆時還能尾隨弟弟一家人出遊嗎？即使弟妹不嫌棄她，弟弟尚未出生的孩子未來也可能煩這個尾大不掉的姑姑吧。

第二次出國旅行雖然看到了雪，但是為了賞雪玨筠特地買了件往後大概再也穿不著的羽絨服和雪地靴，讓她感到不值得。就連拍回來的相片也因為雪地反光強烈，不如她預期的銀雕玉琢那般美麗，她依然沒體味出旅行的樂趣。當旅行社再打電話給她時，她藉口貓咪非常排斥寵物旅館，她不放心，所以不想出國旅行了，旅行社業務識趣地結束了通話。

旅行不如想像中美好，玨筠想起她從小就想上的才藝課，於是她去了附近的社區大學拿回簡章，報名參加烘焙班和拼布班。小時候她羨慕別人的媽媽會做蛋糕做餅乾，奶奶總是說：「做那些沒用的白花錢，你媽會蒸饅頭包子，更好吃。」小小年紀的她覺得奶奶又土又不開化，現在她買了烤箱，可以自己烤餅乾烤蛋糕了，濃濃的奶油香味充滿房間就讓她覺得幸福，可是烤好的餅乾無人分享，烤一次，半個月還沒吃完，她很快失去了興頭，烤箱只能寂寞地占據廚房一角，好在她一個人住，倒也不缺這點空間。後來她又報了陶藝班和烹飪班，都是很快過了興頭，陶藝班她甚至只上了一半的課。

漸漸地，玨筠哪都不去了，她不知道自己看起來比那房子還要顯老，房子外牆貼著鵝黃色和墨綠色的磁磚，磁磚的大小像是她小時候愛吃的芝麻切片。玨筠因為老花，不知不覺習慣從眼鏡上方瞧東西，抬頭紋愈來愈深，花白的頭髮雖然定期染，但是髮根一冒出，明眼人還是看得出。然而皺紋白髮都還不是最嚴重的，母親過世後多年獨居，她幾乎沒有機會笑，起先看在旁人眼裡只是板著一張臉，接著是垮著一張臉，嘴角眼角下垂，總顯得不高興，眼神卻反倒銳利起來。現在六十多歲的女人很多都還打扮得時髦年輕，乍看不過四十，她卻是清湯掛麵的短髮，不化妝，冬季夏季都是衣櫃裡的舊衣舊褲，她都不記得上一次買新衣服買化妝品是什麼時候了。

她發現自己沒有親戚、沒有朋友，以前上班時雖然有同事，但她從未參加同事下班後的活動，所以退休後就再無人與她聯繫。現在她有的只是錢，也好，至少生活無虞。

玨筠坐在客廳裡，望著被貓抓破的紗窗，因為怕蚊子蒼蠅飛進屋裡，只好關著窗，夏季裡難免滯悶。她沒有裝空調，她不需要，她只需要有人來換紗窗上的紗。以前附近老房子的紗門紗窗壞了都找阿乙，他專做這一代的生意，如今老房子一幢一幢地改建，沒改建的也將木窗換成了鋁窗，只有玨筠家仍是木窗，阿乙病了後，她找不到人換紗窗。默默地坐在客廳裡的玨筠突然意識到阿乙其實也老了，阿乙的年紀與自己相仿，當年家境不好，書也讀不好，於是學一門手藝傍身，這是古早人的生活方式，補鍋的匠人一輩子補鍋，也沒聽說誰餓死。可現今不行了，技術變化得太快，好比以前玨筠上班時用過的三點五磁碟片，不知何時竟在這地球上消失了，一些存在磁碟片裡的資料，甚至找不到相應的電腦打開。她突然慶幸阿乙已經老了，不然他怎麼應對這嶄新而陌生的世界。

玨筠並不覺得自己是一個人住，她有兩隻貓陪伴，偶爾院裡有野貓來，她也餵牠們，於是牠們經常來吃飯，像是作客一般，吃完玩一會兒又走了，她也不覺寂寞。

她太知道老是怎麼一回事，在還可以自己生活時，她不想麻煩任何人。未老的人陪伴老人其實是件殘忍的事，她覺得爺爺奶奶甚至她的媽媽雖然才是那個蒼老的人，但他們都沒有她明白老是怎麼一回事，他們不明所以地老去，在老的前面倉皇、恐懼、哀怨、無措。而從小與老為伴的她，老是她生命的底色，這底色太濃太厚，青春的鮮麗一筆也畫不上去，如今她真的老了，她並不倉皇無措，因為老是她唯一習慣的。

這一日，微有涼意，立秋都已經過了一星期，餵過貓後，她燒水為自己泡茶，今天她想泡一杯壽眉，廚房的櫃子裡有一排罐子，分別裝著茉莉香片、鐵觀音、文山包種、白牡丹、壽眉、水仙、龍井和伯爵茶，她可以隨意挑選，這對玨筠便是一種幸福，她可以完全照自己的方式生活。早上喝什麼茶，中午吃什麼午餐，晚上吃什麼水果，而這絕對充分的自由便來自於一個人生活。看在某些人眼裡這是悽涼，對玨筠而言卻是難得的自在，她活到如今才得以享受。小時候她早餐想吃吐司麵包抹奶油果醬，爺爺不答應，他們家的早餐年復一年是昨晚剩的飯加水煮成稀飯，配豆腐乳和醬菜。爺爺奶奶過世後，媽媽為了健康堅持吃麥片，現在她憑自己喜好，燒餅油條漢堡三明治飯糰隨意挑選，晚上睡不著，她就邊啜飲白蘭地邊聽收音機，她不在意是否對健康有不利的影響，她不眷戀這個世界。

玨筠七十歲生日那天，她買了昂貴的貓罐頭和鮮奶油蛋糕讓她的貓陪她一起過生日，她沒有用慶祝的概念，只是過，因為她這一生沒什麼好慶祝，但她還是點了蠟燭許了願，她的願望是有朝一日要離開這世界時，她希望是在睡夢中無聲地離開。蠟燭吹熄後的黑暗裡，她明白了自己如今的自在是因為對生無眷戀，不明白的是那麼意味著昔時年邁母親的不甘心是因為尚有眷戀嗎？母親過世前一年，父親已經先離開了世界，那邊的兒子決定將父親與他們的母親合葬。玨筠獲悉後立刻買了兩個相鄰的塔位，她和母親說以後我們一起作伴，母親嚶嚶地哭了，她想這不是母親真心想要的，如果她可以選擇，但玨筠也無法。母親走後，沒有舉辦告別式，因為當真無親無友，完成七七的儀式後，她一人送母親往火葬場火化，領取骨灰送入塔位，當天玨筠便為自己簽了生前協議，母親後事有她處理，而她真是一無罣礙，也是無人可託，或者因此分外自由吧。

壽眉茶顏色深黃沉鬱，她啜飲著蒼老歲月，忽然覺得在虛枉中領略到安心，她不要思索遺憾，因為和母親相比，母親至少年輕過，結了婚生下她，她才是什麼都沒有完成便直接老去。壽眉茶原因形似長壽之人的雙眉而得名，香氣清雅，滋味醇和，茶色清澈，今日或者是沏濃了。玨筠已多年不染髮，白髮之外也發現眉毛出現霜白，蒼老固然使人無奈，卻也不是人人可得，世上多的是夭折早凋的生命，玨筠安心老去，因為連這也是她唯一擁有的。

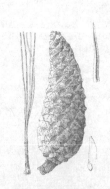

# 小姨

小姨要結婚了。

從小我不斷聽到的一句話，就是：「快，去幫你小姨。」

從一開始教小姨使用數位相機、智慧型手機、下載LINE，到現在幫小姨籌備婚禮。我猜這句「快，去幫你小姨」是從「快，去幫你妹」轉變來的。

外婆一共生了四個孩子，兩男兩女，小姨是老么，比最大的大哥小十二歲，比三哥小九歲，比我媽，家中的老二小十歲，也就是小姨是外婆決定收山之後多年意外生的。小姨並不算漂亮，但是卻很有男人緣，所以她也樂於將自己視為絕世美人，她的性格並不甜美，甚至有些刁蠻不講理，但是那些喜歡她的男人寧願一廂情願幻想她溫柔，她也就假裝自己浪漫似水，優雅如花。

是的，小姨要結婚了，在我二十五歲，小姨四十二歲那年。這是她的第三次婚姻，嫁的是一個看起來比她老五歲，其實比她小五歲的外國人。姨丈國籍是美國，但是血統卻極為複雜，聽說可以確知的就有義大利、法國、奧地利和比利時，有的占了八分之一，有的十六分之一，小姨說再往上追溯，說不定八國聯軍都能湊出來。前兩次小姨嫁的都是臺灣人，她說顯然她不適合臺灣式婚姻，這回這位美籍姨丈在上海工作，小姨宣布婚後她也將移居上海。

為了張羅小姨的婚禮，在外婆的調度下，大家都忙起來，表姐的一兒一女將擔任花童，而我，則擔任女儐相。外甥女當阿姨女儐相的機會不多，但是小姨比較親密的朋友都結婚了，而習俗上女儐相應該是未婚的，就連大舅舅都當外公了，家族裡最適合這個任務的就只有我。試禮服時，我聽到小姨和姨丈說：「這是我的表妹。」我難掩詫異，試衣間裡小姨向我解釋：「反正外國人習慣稱呼名字，他弄不清這些親戚關係的。」我說：「既然弄不清，幹嘛撒謊。」小姨理直氣壯地說：「沒有新娘願意別人發現她老。」我又問：「難道他不知道你幾歲？」小姨回答：「當然知道，但很多事的感覺是相對應的，四十歲對五十歲是年輕，對三十歲是老，表姐對表妹是成熟嫵媚，阿姨對外甥女頂多風韻猶存，猶存，怎麼解釋？在我的字典裡，那是不肯定句。」

所以婚禮上，姨丈完全搞錯了我們家人的輩分，小姨讓他全喊名字，十幾個人，他當然記不住，正中小姨下懷。

婚禮熱熱鬧鬧風光光在臺北舉行，我不知道第三度把小姨嫁出去的外公外婆是放心了？鬆了一口氣？還是重新又懸起了一顆心？反正小姨是歡歡喜喜地跟著彼得姨丈去了上海，彼得姨丈對於臺北留下的最深刻印象，大約就是他的妻子在這裡有一個超乎尋常的大家庭。

為了舉行婚禮，彼得姨丈只在臺北待了三天，並不是彼得姨丈太忙，而是小姨沒打算讓他多待，小姨說：「待的時間久了，總得讓他出去逛逛，讓別人看到我和一個老外在一起，知道我和番去了多丟臉。」我不解地問：「第一，你覺得丟臉，幹嘛嫁給他？第二，即便嫁給他，也不必大費周章回臺北辦婚禮。」小姨眼睛都沒抬說：「嫁給外國人有許多好處，好比他聽不懂你講電話，看不懂你手機裡的簡訊，我前一個老公只要我一接電話就豎起耳朵，別提多煩，更可惡的是讓我發現他竟然偷看我的手機訊息。其次，嫁給外國人在某些人眼中是風光，我的婚禮只邀請抱持這種價值的人；但在另一些人眼中卻是掉了身價，意味著我在臺灣的婚姻市場吃不開，對於這樣想的人，我根本不會發喜帖給他們。」

就這樣，小姨去了上海，外婆原本擔心小姨在上海人生地不熟，日子難免無聊，大舅說：「媽，你怎麼這麼不瞭解你自己生的女兒，從她落地起，她讓自己無聊過嗎？」果然，小姨的日子五彩繽紛歌舞昇平，才剛到上海，她就在家裡宴客好幾場，從她聽說在上海工作的同學到過去職場上往來過的朋友，再擴大到上述眾人現下生活圈，當然也沒忽略彼得的同事，如此一出手便抖出一張縱橫交錯密密織起的人際網，而小姨是端坐中央的蜘蛛女，美麗無邪氣，在她那個年紀，甚至讓人誤以為她有種少見的天真，更加讓人沒有戒心，願意親近。

小姨家的派對分兩種，一種是彼得參加的，一種是彼得不在時舉行的，前者讓彼得在職場擁有好人緣，彼得深深領略到婚姻帶給他的好處，過去不易建立起來的信任關係，如今大步朝著自己期望的方向發展；至於後者，那就與彼得無關了，我懷疑他根本不知道，那些派對有時是在午後舉行，當彼得七點回到家，他只看到餐桌上精緻的晚餐，不會看到客廳裡描繪著纏枝花卉的細瓷茶壺茶杯，擺放了松子南棗糕、手工餅乾、煙燻鮪魚三明治等中西並陳的點心盤子。當然還有在彼得出差時，通宵達旦的香檳派對，所有酒瓶、酒杯、魚子醬餅乾、帕馬火腿哈密瓜、煙燻起士，都會在彼得踏進家門前徹底消失。

對於這一切，小姨的結論簡單俐落：「他是美國人，我們各有生活圈。」只是這兩個生活圈，其實都掌握在小姨手裡。

小姨婚後第二個農曆春節，外婆說想去上海看小姨，媽媽於是指派我陪外公外婆去。家中已經結了婚的人每逢農曆春節總是特別忙，婆家娘家兩邊親戚都得拜年，往往五六天年假中又往北又往南地在島上奔波。沒結婚的人當中不是學生，又不是正在服兵役的，就只有我，和擔任女儐相的因素相仿，我陪著年邁但是精神不錯的外公外婆去了上海。

小姨和彼得的家在浦東，除了主臥室、書房和佣人房之外，剛好有兩間客房，我原以為得打地鋪和外公外婆擠一間房的窘迫立刻解除了，讓我輕鬆了些。落地窗看出去的璀璨夜景，以及安裝的地熱散發的宜人溫度，又為這次原本不情願出發的假期加了些分數。沒想到除夕當天一早醒來，屋外一片白雪，我這才知道什麼叫銀妝玉裹，心情霎時大好。小姨指揮著佣人準備團圓飯，滷牛腱牛肚早都滷好切好，為了外公喜歡又做了冰糖肘子，素什錦是外婆喜歡的，還有一盅佛跳牆，據說是佣人的拿手菜。外公一早去市場買了魚，說晚上要自己下廚做剁椒魚，紅豔豔的喜氣，外婆則拌了蝦仁韭黃餡，想包餃子給洋女婿嘗嘗。

一頓團圓飯吃得外公外婆非常滿意，對於小姨第三度的婚姻生活也放心了許多，洋女婿雖然不會說中文，但是態度謙恭，臉上總掛著笑，大年初一還穿上了緞子棉襖，接受了外公給他的紅包，親自開車帶外公外婆去逛外灘城隍廟，即使上海春節氣溫低又到處都是人，兩老還是很開心。

老人家到女兒家過年，住得始終不踏實，尤其還有個語言不通的洋女婿，便以我初五開工為由，決定初三一早返臺。彼得熱情地留客，我聽見小姨和彼得說：「我表妹的假期結束了。」我這才猛然想起自己的身分，難怪小姨連紅包都沒給我。初二中午，外公說想吃麵，外婆和小姨在廚房裡張羅開滷，彼得蹭到我身邊，悄悄說：「我需要你幫忙。」我點頭示意他不必客氣，需要我做什麼直接說。

「潔西卡懷孕了。」彼得說，潔西卡就是我的小姨，我一聽整個人傻了，小姨已經四十四歲了，以前從沒懷孕過，我以為她是不想要孩子的，怎麼如今年紀大了，倒想替自己招麻煩了，完全不像她的性格。我的腦子不合時宜地浮現四個字：老蚌生珠，當然，我沒敢說。我思緒起伏，但是臉上維持專注平靜的神情聽彼得往下說：「我們不年輕了，我原以為不會有孩子，也沒期待，但是前幾天發現有了，我非常高興，我肯定這是上帝給我們的禮物，但是潔西卡說她不想要，她說她沒準備好做一個母親，你知道這是不可能的，每一個女人都知道怎麼做媽，如果她沒法做，上帝不會給她一個孩子的。」

我按捺著衝動，沒向彼得舉例說明許多不適合為人父母者，卻也得到了上帝這份贈禮，決定先聽聽彼得要我做什麼。

「潔西卡說，你們回去後她就要去做手術，我希望你告訴爸媽，請他們阻止她這樣做，他們一定和我一樣期待迎接這個孩子。」

「我不知道我可不可以這樣做，這畢竟是你們夫妻之間的私事。」我吞吞吐吐地說，因為可以想見，當小姨知道彼得串通我揭發她的祕密，改變她的決定時，她會有多氣我。

「拜託，只有你能幫我。」

但是看到彼得懇求的眼光，可能也是想到了小姨肚子裡那個正在成長為還不能確定是我表妹或是表弟的小生命時，心裡湧現的不忍吧。

當小姨因為接聽不知道誰打來的電話而由廚房閃進臥房時，我迅速進了廚房，向外婆報告這讓人意外的消息。面對這項訊息，我不知道是應該喜還是憂？高齡孕婦生育第一胎畢竟是有風險的，但顯然只有我一個人這麼想，外婆聽了以後高興到不行，連聲感謝觀世音菩薩，所以這孩子在彼得是上帝的禮物，在外婆是送子觀音的恩賜。外婆感謝過觀世音菩薩後，立刻將這好消息告訴外公，外公起初沒聽明白，因為外婆的說法略有隱晦，她說：「小妹有了。」但是外公隨即回過神，立刻感謝起汪家祖先。我當下覺得自己的處置完全正確，不論小姨後半生如何對我，我都有了勇氣承受，這孩子擁有來自三方的祝福啊，這是連小姨也沒法抗拒的。

不知情的小姨進房接了一通電話，出得廳來，她的世界已經有了徹頭徹尾的改變，外公外婆決定改變計畫，明天我陪外公回臺北，外婆則留在上海陪小姨安胎，一個月後，小姨懷孕三個月，胎相平穩了，我媽再來接外婆回去。小姨極力辯駁，想要扭轉局面，奈何三人心意已堅，外公甚至聲稱如果小姨不平安生下孩子，就對不起汪家列祖列宗，外婆則聲聲謝佛，說一想起小姨膝下無子，就是到自己要走時都沒法安心闔眼，現在天可憐見的總算讓她能夠放心了，眾人夾擊之下，一向我行我素慣了的小姨，這回面對親情的龐大壓力，終究還是無力回天。

夏天進入最高潮的時候，小姨生下了我的表弟，那天氣象報告說室外的溫度達到攝氏三十七點五度，奉外婆之命前往陪伴小姨生產的我媽，在護士抱出孩子時，受到了極大的驚嚇。我們原本還討論著混血兒有多可愛，現在家族裡也將有一個了，但是媽媽傳到大舅和二舅手機裡孩子的照片，怎麼看都是個不折不扣的東方嬰兒，黃皮膚黑頭髮黑眼睛，就像那首歌〈龍的傳人〉裡寫的一樣。

二舅端詳手機裡的嬰兒照片，然後和二舅媽說：「是不是彼得的血統裡其實也有中國，或是日本、韓國的血統，結果這部分基因在這個孩子身上發揮了較強的影響力，你知道畢竟孩子是長在媽媽肚子裡，也許金髮碧眼不相容。」大家還猶豫著拿照片給外公外婆看時，該怎麼說？前線的媽媽傳回了最新戰況，剖腹產從麻藥中醒來的小姨，只看了孩子一眼，心裡完全明白了，原本她還不能肯定，她和彼得說：「我們離婚吧。」

彼得不明白為什麼？他不是剛當爸嗎？

聽到此處，大舅問：「彼得沒看到孩子嗎？」

媽媽轉述，彼得姨丈說：「我的外曾祖母是義大利人，我看過她的照片，就是黑頭髮黑眼睛。」

小姨平靜地說：「你看不出來這孩子不是你的嗎？他也許是上帝給我的孩子，但不是你的。」

彼得似乎仍沒從驚詫中反應過來，吶吶地說：「我祖母也許有印地安或是土耳其的血統。」

我不知道別人怎麼想，但是聽到這，我的心裡是同情彼得姨丈的，同時還想起了那天他請託我時，懇求的眼光。

就這樣，小姨又有了第四度的婚姻，擔任女儐相的依然是我，這一回小姨嫁的是小表弟的親生父親。後來我才知道，年初二那日在上海從廚房到客廳風雲變色時，小姨在臥房裡渾然不覺，就是正在和這第四任姨丈說電話，而當時新姨丈也正設法阻止小姨拿掉孩子，不想他沒能阻止的，我們替他做到了。

試禮服前，我問我媽，女儐相的任務不該由二舅家的表妹接手嗎？上一次小姨結婚表妹還不滿二十歲，如今已經二十三歲，大學都畢業了。媽說小姨覺得小表妹的年齡今年剛好是她的一半，這樣會襯得她顯老，還是我比較襯她。說完，媽又補了一句：「不想當，就快點把自己嫁出去。」

「像小姨一樣嗎？」

媽啐了一口，說：「嫁一次就好，你是我女兒，應該像我一樣。」

第四任姨丈如今常居香港，出生在西安，讀書在北京，主要業務在上海。外公本來因為自己生養的女兒做出有辱門風不檢點的行為，正自懊惱，曾揚言說沒臉參加小姨的婚禮。但是看到第四任女婿儒雅內斂，又突然大徹大悟，汪家祖先畢竟還是希望子孫是血統純正的中華兒女，他所有的孫子女外孫子女都是，混血兒說得好聽，以前罵人時還說是雜種呢。他暫時放下對善良天真的彼得的歉意，同意再一次陪伴小女兒走上紅毯，將她的手第四度交在別的男人手裡。外婆斷言，小姨從此會安分過日子，女人只要當了媽就有責任感了，過去小姨的騷動都是沒孩子鬧的，我看著打扮得風情萬種花枝亂顫的小姨，按捺住告訴外婆影劇圈那些八卦新聞，當了媽還有外遇的女人可不少啊。

新姨丈是中國人，瞭解臺灣民情，語言相通，小姨沒法再說我是表妹，索性只介紹了我的名字，彷彿我不是這家的人，是婚禮公司派來的專職女儐相。其實新姨丈五十多歲了，小姨實在沒必要這麼裝模作樣，而且看得出晚年得子，他有多麼開心。小表弟在我媽懷裡，能夠親自出席自己爸媽婚禮的孩子不多，被打扮得猶如歐洲皇室小王子的表弟，這會兒正陷入酣眠，讓我媽很開心，我媽一直擔心他在婚禮上大哭大鬧，提醒賓客他是爸媽正式結婚前出生的，我說現在沒人在乎了，好多明星先生孩子再結婚。我媽不以為然瞪我：那都不是一般人，你可不許。

不是一般人嗎？眼前我們家就有一個啊。

婚禮順利進行，音樂鮮花白紗鋪排出華麗且不失溫馨的場面，小姨的四次婚禮選用的主花卉都不一樣，第一次是玫瑰，象徵愛情；第二次是蝴蝶蘭，象徵飛向幸福；第三次百合，象徵百年好合。當小姨和彼得解釋這因為中文諧音而產生的祝福時，彼得一臉感動，覺得中文真是一種美麗的語言，而聽不懂中文的他，完全沒發現妻子正以此種美麗且博大精深的語言，和另一個男人互訴衷曲。這一回，小姨選擇了牡丹，我記得牡丹的花語是高雅守信，不知道這是小姨對姨丈的期許？還是姨丈對小姨的？交換誓言交換戒指新郎親吻新娘……行禮如儀，一一完成之後，小姨要拋捧花了，我媽把熟睡的小表弟放在了表姊手裡，趕過來將我推向前，她怕我眼看就要邁向三十大關，卻還嫁不出去。小姨將手中的牡丹花向後拋出，在空中畫出漂亮的弧線，說真的，不是我不想接，而是它直直落入了表妹的手裡，表妹臉上先是錯愕，繼而轉為燦爛笑顏，倒是二舅顯得有些不樂意，我媽則是一臉氣急敗壞，狠狠瞪我一眼。

我猛然意識到，萬一小姨還有第五次婚禮，到時連小表妹都嫁人了，難道女儐相還是我嗎？正思慮著自己在家族中的困境，外婆已經過來提醒，小姨要去換坐席的禮服，於是我又聽到了那一句從小聽到大的話，而且這回還是外婆和大舅同時說的：「快，去幫你小姨。」

# 年頭

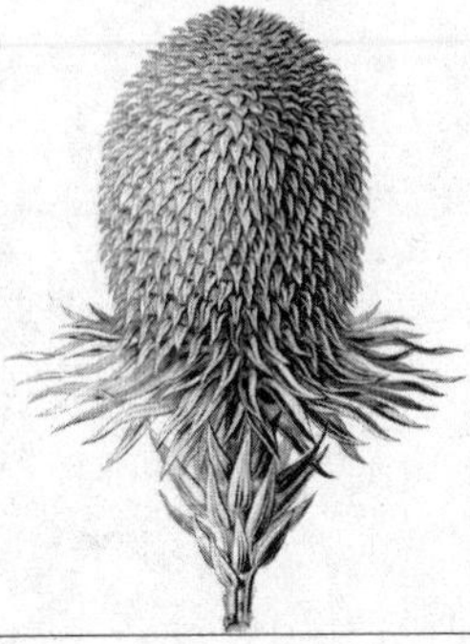

王二順今年一百〇七歲，雖然這座山坳裡的村落近年以長壽而聞名，但是年過一百的老壽星也還是數得出來的。去年，比王二順年長兩歲的老李哥走了，王二順就成了村裡歲數最大的人瑞了。

王二順並不想當人瑞，但是，老天爺沒讓他走，他也不好走。

村長昨天來找他，和他說，今天有個記者要來採訪他，請他談談社會的改變和養生之道。前者說的是大環境，後者講的是個人，村長在王二順耳邊叮囑，往光明的方向上說。下午，村長陪著記者來了，是個年輕小姑娘，紮著個馬尾，穿了件水藍色的襯衫，挺標緻的臉蛋，小姑娘喊他王爺爺，王二順估計，自己能比小姑娘的爺爺大上一輩。記者掏出了一個不到半個菸盒大小的金屬匣子放在他面前，和他解釋說要錄音，王二順不置可否，他至今想不明白，聲音為什麼能夠收集起來，要聽的時候，一個按鍵就能重現，錄影他當然更想不明白。

但這世上他想不明白的事多了，活著活著，他逐漸悟出一個道理，這世上的許多事之所以發生，之所以存在，並不是為了讓人想明白的，你硬要去費那個事，不過是和自己過不去。就好比這個小姑娘來採訪他，是因為他活得比別人久，而一個人能活多久，並不是自己說了算，所以這訪問說穿了，一點意義沒有。但，王二順畢竟活得年頭久了，這點修養還是有的，更何況來的是個年輕漂亮的小姑娘，平日裡，難得有個漂亮姑娘和他說話。

記者先寒暄問候了幾句，關於他的生活狀況之類的，王二順自己住，他兒子已經不在了，孫子去了外地，平日吃飯總有鄰居做好給他送來，牙口不好，只能喝點粥，吃點茄子豆腐。村長對他特別照顧，有時家裡燉了雞湯，燒了魚，總不忘給他送來。王二順上次吃到村長送來的魚尾巴還是冬天的時候，現在都過立夏了，不過，村長囑咐他往光明的道上說，這麼說，算光明吧。

記者問他，有沒有養生的祕訣？平日作什麼運動？王二順搖搖頭：「不做運動，從小放牛，牽著牛到有草的地，把牛栓牢，就在樹下打盹，大夥不都說，站著不如坐著，坐著不如躺著。八十歲以後牽不動牛了，就在家待著，冬天天氣好門口曬曬太陽，夏天門口吹吹風。」

記者又問，喜歡吃什麼？「喜歡吃蹄膀。」王二順回答：「不過因為沒錢，很少吃得著，豬頭肉吃得多一些。」水果呢？記者又問，常吃哪種水果？王二順說：「那有啥吃頭？有錢不如買肉吃。樹上的果子倒是採著吃過，橘子和梨多些，石榴也摘過，不過吃起來太費事，不如橘子，雖然味酸，剝了皮吃倒省事，現在年紀大，摘不到果子了，就不吃了，要有得選，寧願吃肉。」

「吃水果營養，還健康，記者小姐給你帶了葡萄，又大又甜。」村長在一旁搭腔。

「吃的不說了，還有什麼祕訣是這裡的人和別處不一樣的？」

和別處不一樣，王二順琢磨著，不就是山坳裡生活苦些。琢磨了一會，倒讓他想出了點什麼，他說：

「用別人用過的時間。」

「老爺爺是位哲學家呢。」記者說，不知道是稱讚還是打趣，王二順並不在乎，他說，活得久了，人生總能教會你點什麼。

王二順出生在一九〇五年，當然那時他並不知道這年頭計算的方式，是後來別人用他的生肖推算出來的，一九〇五，正值清朝末年。他六歲，清朝亡了，民國開始。王二順住在山裡，村落裡幾十口人，他們只關心能不能吃飽飯，老天爺該落水時，落不落水，該放晴時，出不出太陽，一家人沒病沒災，就是萬幸。沒人關心朝代，他們留著髮辮，直到有一天從外地來了個人，說，已經是民國了，而且是民國二十年了。

二十個年頭能發生多少事，外面的世界已經有了翻天覆地的改變，別的不多說，袁世凱稱帝失敗，孫中山革命推翻滿清，但自己又勞累過度因病去世，只能囑咐同志繼續努力，日本人當年和俄國人在中國的土地打了一場仗，還嫌不夠，如今又占據了東北。外地來的小夥就是東北人，說得口沫橫飛，義憤填膺。但在王二順這些一直住在山坳裡的鄉下人的腦子裡，二十個年頭就是初生的嬰兒長成了大小夥，取了一房媳婦，又生了一個大胖娃娃，那能幹的，大娃兒已經滿地跑了，手裡又抱著二娃了。

外地來的小夥腦後沒有辮子，他說外頭男人都不留辮子了，女人也興剪短髮，耳垂下方兩三公分。村子裡的女人沒人願意剪，一頭烏黑的長髮，是她們的驕傲。王二順沒讀過書，不知道「身體髮膚受之父母，不敢毀傷，孝之始也」這樣的道理，那時正是夏天，熱得很，王二順圖個涼快，率先把頭髮剪了，果然清爽許多，別人見了，並不算太難看，有幾個也跟著剪了，他們過起了民國的生活，在這山坳裡的小村落，民國和清朝唯一的區別，就是年輕的男人不再蓄長髮了。

外地來的小夥，只在村裡待了幾日就走了，說是要去後方讀書，將來好抗日。村民安靜地過著民國的生活，不知道民國二十六年，對日抗戰開始了，也不知道民國三十四年抗戰勝利了，當然，一九四九年，全國解放，中華人民共和國成立，也沒有人知道。

關於民國這個概念，東北來的小夥還和他們解釋了一陣，不過也沒人真的聽明白。同樣地對於所謂的西元，他們也不理解，只是王二順記得了自己是在西元哪一年出生的，彷彿因此他就比之前不知道的自己進步了些。

新中國建立，村裡的時間依然依照自己的規律流轉，和外面的世界沒有多大關係。不久，王二順當了爺爺，再不久，他的兩個孫子都會爬樹了，王二順還是每天放牛。

一天，村外又來了個年輕小夥，說他們思想太落後，不進步，要教育他們，他在牆上寫了許多標語，教給他們念，其中一句是：革命無罪，造反有理。王二順並不知道什麼是革命，但他隱約記得多年前，從東北來的小夥也提過這兩個字。有人問，無罪，那就不會下地獄了，不會上刀山下油鍋，油鍋太可怕了，能把活人炸得酥脆。另一個人聽了接腔，地獄是死人去的，所以是死人炸得酥脆，骨肉分離，真正的骨肉分離。小夥聽了，不耐煩地打斷他們：你們這些都是迷信思想，要向毛主席學習。

王二順心裡想，革命是什麼意思？他不知道也沒關係，反正那是他所沒有的一種思想，既然不會在自己的腦子裡出現，那麼明不明白應該都不打緊；但迷信是什麼意思？他不知道，這也沒關係嗎？因為顯然那是他有的念頭啊，他相信有地獄，活著的時候做了壞事，死了是要下地獄遭罪的，官府不一定抓得到你，閻羅王和他的小鬼卻不會放過你。

其實那時已經是一九七五年，王二順七十歲，四人幫即將垮臺，接著鄧小平就要提出經濟改革開放，他們村子裡終於出現的第一句標語，在出現的那一刻就已經不合時宜地晚了，這一場撼動整個國度的大運動，山坳裡的他們也沒趕上。

王二順的村子什麼都比別人晚知道，就連鄧麗君的卡帶傳入也要比外面晚上好幾年。當然他們也不知道，這有著甜美聲音的女人，後來死在了泰國海濱的豪華旅店。

再後來，大家都開始用電腦，王二順的村子連電都沒有。

就如王二順所言，他們用的是別人用過的時間，王二順覺得或許這就是村子裡的人長壽的緣故，他們整個落在了後面，連天神也忘了他們，既然忘了，就想不起讓黑白無常押他們走啊，於是他們在世上的時間就比別人多了。

一直趕時髦的人，跟著流行換季，換新機種，什麼都想趕在前面，自然早死早超生，這一輩子快點結束，才能前趕著再投胎啊。

這一段話是王二順對人生的體悟，活了一百多年的總結，但是他沒和來採訪的記者說，怕村長嫌他不夠光明。

「很多人說，這裡的水特別好，空氣也好，沒有污染，所以咱村裡的人長壽，您覺得呢？」記者問。

王二順還沒來得及反應，空氣？好嗎？他不知道，呼吸這檔子事，當你活著的時候應該不會特別感覺到，感覺到了，那很可能是喘不上氣，而一口氣喘不上來，就咽氣了，也是可能的。但王二順什麼都還來不及說，村長已經搶先發言：「是的，這裡不但空氣好，水土也好，人活著需要的自然元素，這裡都比別處好。」

村長早就聽說外頭的房子一直在漲，大城市的房價漲了一倍不止，村長眼紅得很，如果大家為了養生，來這裡蓋別墅，他們不也能大賺一筆。這年頭，那些活得好的有錢人，不就是怕死，哪個不盼著能多活幾年。

王二順不明白村長心裡的盤算，但是當村長拿著幾天前就已經出刊，但一路顛簸，這會兒才送到山坳裡的報紙來找他，他看到自己的相片以及說過的話語變成文字印在報紙上時，委實嚇了一跳。王二順認得的字不多，不過又粗又黑的標題寫著：「人瑞養生術——用別人用過的時間」，他還是認得的。他以前不認得瑞這個字，自從他過了一百歲就認得了，因為大家都這麼稱呼他，村長特別寫給他看過。

被這一則標題嚇了一跳的不只是一百〇七歲的王二順（雖然這話明明就出自王二順之口），還有六十歲的高祁教授也如雷轟頂，大受啟發。

高教授仔細看完報導，交代助理小林訂票，手邊緊急的事先擱著，後天就親自去山坳裡拜訪這位高齡人瑞。助理小林不明所以，他跟著高教授工作十幾年了，從來不曾見過這樣說風就是雨的行為出現在他身上，他總是很有計畫，積極且不失嚴謹。不過儘管小林心有疑惑，他還是依照高教授的交代，訂了機票，銜接的火車票，以及到站後租的車，從這裡出發前往山坳，得先乘機，再轉火車，然後自行開車走約莫兩百多公里山路才能到。小林訂的是早上九點的飛機，鑒於這個國度的國內線班機很少能夠準時起降，也許這也是一種使用別人用過的時間的具體實踐，所以他估計若是運氣好，第二天傍晚大概可以到。山坳附近的小縣城連家像樣的旅館都沒有，但是沒辦法，不能把時間都花在山路上，他只能在小旅館訂了兩間房，請旅館務必加強做好清潔工作。

一路上，高教授都沒有透露為什麼要跑這一趟，直到他們走出火車站，小林開著租來的車，沒人能再聽到他們說的話的時候，高教授才以一種略帶興奮的口吻說：「英國著名物理學家斯蒂芬・霍金曾經在英國《每日郵報》上發表文章指出，時光之旅在理論上是可行的，人類可以打開回到過去的大門和通向未來的捷徑。」高教授接著說明霍金提出了三種理論上可行的時空旅行方式，在考慮所謂時空旅行前，要先瞭解霍金提出時間作為第四維的觀念，他是這麼舉例的，當人們駕駛汽車時，前進和後退屬於第一維，左轉或右轉屬於第二維，在山路上爬坡和下坡屬於第三維，那麼時間就是第四維。

「我們怎樣才能找到在第四維前行或後退的路徑呢？」高教授說：「這就是關鍵。」

在科幻電影中，觀眾看到時間機器借助巨大的能量打開一條穿越時光的隧道，時光旅行者勇敢地走進隧道，往無法確定的時間和地點出發進行冒險……但霍金認為，時光隧道可能就是所謂的蟲洞，蟲洞在我們周圍，只是小到肉眼無法看見。宇宙萬物都會出現小孔或裂縫，這種基本規律同樣適用於時間，也就是說時間並非完整無缺的，而是有細微的裂縫和空隙，而蟲洞就存在於這些縫隙中。

小林默默開著車，山路時而蜿蜒時而攀升，他想像自己在第一維、第二維和第三維空間中穿梭，難道教授想在這山坳裡尋找進入第四維的路徑嗎？愛因斯坦也提出過黑洞理論，認為世界上應該存在讓時間慢下來的地方，以及讓時間加速的地方。愛因斯坦發現，物質會減緩時間運行速度，也就是說物體愈重，對時間的阻力愈大。這高原深處的小山村會因為物質與外界相異，而導致時間有不同的運行速度嗎？

高教授繼續侃侃而談：「霍金認為，時空旅行的天然交通工具就是黑洞。靠近超大品質黑洞，時間就會慢下來。所以如果有一艘飛船及機組人員繞著一個黑洞運行五年，而別的地方卻已經過去了十年，當他們回到地球，地球上的人便會比他們老五歲。」

「雖然科學家提出了這樣的理論，但是至今沒人能付諸於實踐啊。」小林說。

「所以才要研究啊，已經付諸於實踐，就沒有研究價值了啊。」高教授嘴上這麼說，心裡其實是憂慮評鑑馬上就要到了，他還提不出一個像樣的計畫，如果這個山坳裡時間速度的研究計畫能成，至少混到七十歲退休沒有問題。這個圈子裡待久了，他不但沒了研究熱情，教學熱情也消磨殆盡，但是為了孩子高額的留學費用，以及新近意外出現的一筆開銷，他還是得硬撐下去。

這意外，也說不定只是高教授覺得意外，索取的那一方是不是一開始便有所圖，他其實並不能確定。但是如果真是如此，那麼他不僅傷財，還傷心，更難堪啊。

五年前，他收了一個博士生叫虞茉倩。五十幾歲的高教授，不知道是中年危機促使他貪戀青春，還是真心欣賞茉倩的善解人意，當然還有賞心悅目的美麗。總而言之，他喜歡上了她，他以為她也喜歡自己，不，不僅是喜歡，而是在愛慕中還有一點崇拜。但是，他錯了，上個星期剛取得學位的茉倩威脅他如果不付分手費，將公開他們的師生戀，屆時不僅學校可能被逼嚴肅處理，他太太那邊也估計擺不平。更糟的是茉倩留有證據，不僅是性愛的證據，還有他竊用茉倩的研究成果，卻未在論文上將茉倩列為研究共同執筆人，當時他以為茉倩是基於愛情默許，現在才知道那是一個誘餌，讓她掌握了隨時可以陷他於萬劫不復的工具。上個星期，茉倩在他的研究室裡冷靜地說出索要的金額數字時，他突然意識到她的名字茉倩與莫欠諧音，怎麼他之前都沒發現，這是一種諭示嗎？提醒他此女不會平白接受他的辜負，情感上不會，工作上也不會。

天完全黑透了，儘管他們從北京往西飛了兩千多公里，手錶上仍然是以北京為核心的時間，但是太陽已經被不停運轉的地球轉到了另一面。小林找到了旅館，房間倒不像他想像中的那般陳舊，不夠乾淨，但勉強湊合，奔波了兩日，他委實累了。兩個人在路邊小店，一人吃了一碗熱騰騰的麵，回到房間，小林連臉都沒洗，合衣倒在床上，就沉沉睡去。

隔天早上高教授便興致勃勃地親自拜訪王二順，村長也聞風趕至，雖然完全聽不懂高教授要進行的研究，但是一聽說國內數一數二的大學要在這個村裡進行研究計畫，村長已經樂得忘了自己姓啥，也許應該說是樂得願意跟著王二順姓了。這山坳附近方遠百里之內連所大學都沒有，別說是像樣的大學，不像樣的也找不到。現在竟然有大學教授專程從首都不遠千里而來設立研究室，即使不明白高教授的研究，但村長知道這和王二順說的那句讓人摸不著頭腦的話有關，來自首都大學的高教授都要在此進行調查了，可見他們這個山坳有別處沒有的珍貴資源啊。

高教授很快在村子裡設立了研究基地，大卡車載進村民看都沒看過的儀器，據說可以記錄下時間的速度，高教授煞有介事地忙了起來，隨之而來的研究助理有好幾個。沒多久，這項研究計畫還受到地方相關當局重視，連領導都來視察，有人說成果出來，得諾貝爾獎都可能。時間的速度如果不是恆常且唯一不變的，那麼世間許多事都可能出現變異，包含人類的壽命，這不就是人們追求長生不老的另類思考？尋找慢速時間流，如果時間的速度慢了一倍，那麼人的壽命也就等於長了一倍。

記者來訪問高教授，聽到高教授精闢的比喻，當下叫好，心裡暗爽明天的頭條總算輪到我了。訪談結束，他問高教授最後一個問題，這個研究計畫預計多久會有結果，至少六年，記者心裡盤算高教授今年六十歲，六十五歲不就該退休了，當然特別優秀的學者七十歲才退休也是常有，記者沒有點破，只說：這麼久啊？高教授彷彿猜到他的心思，雲淡風輕地說：「學術研究重要的是對人類的貢獻，成功不必在我，就是我不在了，我的團隊還是會繼續堅持完成研究，進行十幾二十年才得到成果的研究很多。」小林聽了大為感動，心裡好生敬佩，記者開玩笑：「如果這裡時間真比外面慢，教授的研究計畫自然不必著急。」高教授哈哈大笑，心裡暗暗盤算一段時間後這新聞沒人關注，他就要找藉口說之前的數據有問題，追加預算更新設備，整個計畫自然也得延期，最好不但延滯到他退休後，延到他作古更好，讓那些弄不清狀況的人誤以為他壯志未酬，心裡暗生遺憾。

第二天，高教授的訪談沒出現在頭版頭條，但也出現在了二版頭條，標題就是：時間速度放緩一倍，人類壽命增長一倍。這則新聞網上的點擊率更是快速攀升，小山村也隨之聲名大噪。幾天之後，房地產商的建案廣告也出現了，村長這才意識到之前為了急盼著有企業來開路建設蓋別墅，地批得太便宜了，但現在再想坐地起價也不可能，還好當時只批了村西一片地，村北臨溪的一片絕對能換得更好的價錢。

村外的樹林蟬聲歡鬧，村裡的時間緩慢流淌，似乎不為這突如其來的騷動打擾，多少個年頭在這大山裡不都是如此波瀾不驚。

這一天傍晚，小村子在落日餘暉下一片燦麗，清風徐徐，剛剛吃了房地產公司經理送來的紅燒蹄膀的王二順，嘴角還有些油，他坐在門前看夕陽，心裡盤算著，別人忙活什麼他不知道，天天有肉吃的日子至少他是過上了。房地產公司不但好吃好喝的送來給他，還請了個年輕的小護士天天為他量血壓，隔三岔五還要量血糖血脂肪，按時提醒他吃各種保健品。他沒想到竟然會有村外根本不認識自己的人如此在意他能否繼續活著，他的心裡有了一點安慰，社會畢竟不同了啊。

村長組織起自己的親朋好友，一邊賣盒飯等生活雜物給村西蓋別墅的工人，一邊積極聯絡有意購買村北那一片地使用權的建商，窮了一輩子的山裡人，這回總算嗅到了一點錢的味道。餘暉中，村長的堂弟送完盒飯，拎著幾瓶啤酒來村長家串門，順道打聽還有什麼可做的，房子還沒開始打地基，仍在整地階段，已經有人迫不及待來問買房的事，他們兄弟倆這會兒滿心相信情勢一片大好。

墨藍色的天空升起了第一顆星，地平線逐漸模糊，樹梢隱隱呈現好看的紫色，高教授的手機響了，他按下接聽鍵，說了聲喂，話筒另一邊的男人說：「尾款下個月案子正式推出後一週轉入你的帳戶，這幾天再找記者說說。」高教授回答：「知道了。」語音滑過天際，飄墜在浦東某幢建築四十八樓的陽臺，那一顆星在這裡比山坳裡暗了許多，不敵大城市裡的璀璨燈火。知道了，這三個字滑過天際，借助科技的力量飄移二千多公里依然斬釘截鐵，究竟是誰知道了，又知道了什麼呢？那一顆星在王二順眼裡是尋常天空，在村長眼裡是搖錢樹上一枚金幣，在高教授眼裡是末路騙局，在房地產老闆眼裡是無數張支票中的一張上所出現的一枚數字。而這些都影響不了這顆掛在天上距離地球遙遠的星星，經歷過無數個年頭，她始終有自己的運行，自己的軌道，不論地球人知道不知道。

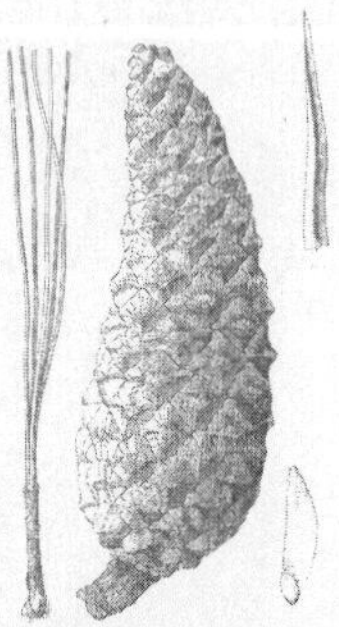

# 後來

樹蔭下，睡了一隻大黃狗，萩菱從牠身邊走過時，牠連眼睛都懶得抬。這一切，他們彼此都太熟悉，無論是大黃狗對萩菱，還是萩菱對大黃狗。

萩菱在這裡生活了十八年，現在她要離開成長了十八年的小鎮，在一個豔陽高照的日子，強烈的光線讓鎮上的一切都看著眉眼分明，色彩絢麗，紅的綠的亮汪汪一片。卻又因著這亮汪汪，在萩菱心頭留下的記憶，彷彿過度曝光的照片，輪廓模糊，所有顏色都籠罩在薄薄的卻怎麼也揮之不去的白光裡。萩菱義無反顧地坐上了一輛開往鄰近縣城的中巴車，她暗下決定，再也不回來。

從她懂事起，她就在等這一天，離開，她厭惡這個地方，甚至厭惡將她生在這個地方的女人，既然生下她後，便要拋棄她，為什麼不能為她選一個好一點的地方。

終年的日光曝曬，鎮上的人膚色黝黑，他們不在乎，地裡缺少雨水的滋潤，種不出好莊稼，他們便省吃省穿，認命地喝著劣質酒，吸著劣質菸，卑微地活著，偶爾尋到一點點樂子，可以回味大半個月。

萩菱的養父母就是這樣，他們這樣窮，只能勉強餵飽自己，卻撿了萩菱回來。於是兩個人的家有了三個人，三個人誰也吃不飽，養母還樂著，家裡熱鬧了。

認真說，他們並沒有苛待萩菱，沒有動輒打罵，沒有吆喝使喚。但也不能算是善待萩菱，因為窮，她只讀了小學，就沒再讀書，在家裡幫忙種地，她沒穿過一件新衣裳，都是別人穿過不要的舊衣服。她恨極了這樣的生活，她嚮往外面光鮮亮麗的世界。自從四年前爸爸買回一架舊電視機之後，只要有空，她就守在電視機前，她在心裡默默記著螢屏裡的那個世界，寬闊的柏油路，晶亮的跑車，粉嫩的冰淇淋，美麗的連衣裙，精緻的高跟鞋……

萩菱想要擁有這一切，但是她連人活著最基本的吃，都只是勉強不至於饑餓，天天粗茶淡飯，她的胃口常年受到壓抑，連帶她的心也硬了起來。

萩菱恨生下她的女人，將她生在這窮鄉僻壤，反正要丟了她，為什麼不將她丟在上海。她也恨養父母，明明窮得響叮噹，還學人家收養，撿回她盼著養兒防老，讓她一起受窮。如果他們不撿她，也許她會被一個城裡人撿走，帶去城裡，她就有機會吃上冰淇淋，穿上連衣裙，甚至讀大學。

萩菱忘恩負義地這麼想著，尤其是在當她得知養父母為了一筆聘金要將她嫁給山村裡一個又醜又矮的男人時，她的心裡已經沒有一點點愧疚。她不去設想，如果養父母沒有撿回她，她可能早就餓死在路邊。她堅定地相信著，她會被一個好人家收養，過上體面的生活；而不是嫁給一個窮男人，種地養娃，陷溺在辛苦沒指望的日子裡。他們當初收養她，也許就是這麼盤算的，養她比上銀行開一個零存整取的戶頭還划算，不過是嘴邊吃的省下一點給她，成年了，就能換來一筆聘金，如果她有良心，還會為他們養老送終。如意算盤讓他們打去，她可不是那為了良心一味使勁委屈自己的人，她決定走，走了再也不回來。

老舊的中巴車氣喘吁吁地到了縣城，萩菱下車時，開車的師傅小梁深深地看了她一眼，為了她沒見過世面不自覺流露出的膽怯神態，也為了她年輕姣好的身軀。萩菱不知道自己的沒有底氣已經被人看在眼裡，她以為她裝得來的，她身上的錢不多，如果住店，就不夠買車票去到夠遠的地方，她在車站張望著，心裡反覆思量，在她買得起的車票中，要挑選那一座城市？那些城市對她來說都是如此地陌生。

小梁開車已經四年，看得人多了，一看就知道這小姑娘是想逃家，和爸媽鬧矛盾吧。小梁原不是開這條路，萩菱住的小鎮他也是頭一回去，那樣的地方，年輕人都想往外跑，不奇怪，但是跑出來了，是不是能混得好，卻誰也說不準。

「小姑娘，要去哪？」小梁嘴裡叼著菸，衝著一臉彷徨逞強結果益發顯得稚嫩的萩菱喊。

萩菱回頭看了他一眼，沒有答話。

小梁看出她自己也拿不定主意要去哪，於是，小梁說：「半個小時後，我的車要開，去F市，我只收你八十元，別人都要一百五，怎麼樣？」

萩菱咬著嘴唇，站在路邊，她並不知道自己該怎麼做，只是一門心思離開小鎮，她以為離開了，日子就一定會更好。現在她卻連去哪個城市都猶豫不決，她咬了咬牙，既然不知道去哪個城市好，索性就坐上剛才帶她離開小鎮的同一輛車去F市，至少車錢便宜了一半。

萩菱坐上了車，小梁說到了F市再給錢，結果，到了F市的萩菱不但沒有付錢，反而幫著小梁收起了錢。

小梁想方設法換了條路線開，怕萩菱家裡找來，萩菱為什麼離家，他也不問，左不過也就是那麼回事。收了車錢，他帶萩菱去買了套新衣服，萩菱挑了連衣裙和一雙高跟鞋，雖然沒有晶亮的跑車，但同樣是寬闊的柏油路，她開始跟著這個陌生但卻是帶著她離開家鄉的男人，開著一輛中巴車在城市鄉鎮間跑著，固定的路線，小梁開車，她收錢。早上她為小梁買包子沏熱茶，中午買盒飯，小梁一開始付給她工資，逐漸地，所有的錢都由她管，小梁連買包菸也伸手和她拿。他們在距離萩菱家鄉五百里的另一個小鎮安了家，每天出去跑車。

兩年後，女兒出生了，小梁說，不礙事，帶著娃娃一起跑。

萩菱看著剛剛出生的女兒的臉，想起了自己的母親，卻又分不清想的是養大她的養母，還是生下她的生母。模糊卻又巨大的思念盤踞她的心頭，她不禁疑惑，這小小的在她懷裡握著拳頭的小女娃，若干年後，會不會也怪她將自己生在了這樣的地方，過上了這樣的日子，每天在路上奔波，在風塵僕僕裡成長。

萩菱也想起了自己，她離開家，不是為了過上這樣的日子啊，除了連衣裙和高跟鞋，她得到了什麼？一窗移動的風景，春天枝頭的新綠，夏天滿目的蒼翠，秋天黃燦燦的銀杏，冬天灰撲撲的柏油路，和偶爾飄下的雪花。

她失去了原本的興頭，她想離開這，不只是去別處看看，萩菱再度想離開自己原有的生活。

萩菱終於走了，去到了更遠的城市，她遠離家鄉，遠離丈夫女兒。她沒有學歷，也沒有一技之長，介紹職業的仲介說，像她這樣的女人，最好做保姆，打掃屋子煮飯洗衣，她總是會的。萩菱可不願意，她跑了這麼遠若就是為了打掃屋子煮飯洗衣，那麼跑與不跑，於她也沒有太大的差距。

她在餐館裡找了個服務生的工作，每天端盤子倒茶擦桌子，這在萩菱心裡可和打掃屋子煮飯洗衣不同，餐館是公共空間，她看過一齣電視劇，女主角在餐館裡當服務員，結果遇上了位高權重的男主角，過上了飛黃騰達的日子。萩菱不知道有一種人的工作就是專門編寫灰姑娘式的愛情連續劇，他們賴此為生，並且心安理得地過日子，他們確定沒有人會真的相信他們編出來的愛情，大家只是看來打發時間，蜷在客廳沙發上，邊看通俗愛情邊吃薯片話梅巧克力，不小心發胖了，正好為贊助播出的廣告商某某減肥茶創造一群潛在消費客戶，編劇對他們寫出的愛情故事的態度，和企業對待他們生產製造的減肥茶的態度，並沒有太大的差異。

心思浮動的萩菱，端盤子倒茶做得並不比別人好，有時還比別人差，在幾次不小心將茶倒在客人手上，菜湯濺到客人衣服後，萩菱不但遭到店長的訓斥，還被扣了工資，因為店裡出了乾洗費。萩菱心裡的委屈在擴大，城裡人這麼地不友善，倒在手背上的茶並不是很燙，完全不可能燙傷，她已經用紙巾為他擦去了，而她熱心拿紙巾擦拭時，還遭受了對方粗魯地推搡和難看地白眼，彷彿她身上有蝨子般，害怕她觸碰了自己；至於濺在襯衫上的幾星幾沫湯汁，只消一點點洗衣粉，絕對洗得乾淨，水洗就行，完全不必乾洗，電視上的新聞節目不是也報導了嗎？有些洗衣店收的是乾洗的錢，一樣丟在洗衣機裡胡攪蠻纏地水洗一番。

萩菱每天住在餐館的宿舍，不足十平米的房間裡，擺了兩架雙層鋪，四個人擠擠攘攘地混過著。早上九點在餐館門口聽店長訓話，帶他們呼口號，然後打掃餐館端盤子倒茶擦桌子，一直忙到晚上九點，回到狹小擁擠的宿舍。夏天裡電風扇怎麼呼呼地吹，也趕不走白天曝曬了一天累積下來的高溫，熾烈的陽光藏在狹小的牆縫裡，炙烤轟炸著萩菱每一夜的夢境。以前小鎮上的陽光灼燙著他們的皮膚，黝黑沒有光澤；現在城裡藏在夾縫的高溫卻烘燜她的精神，枯乾萎縮的心若能拿出來看一看，怕也是焦枯黝黑。

這一天餐館裡來了一個三十開外的男人，萩菱看見他開著晶亮的跑車來的。包廂裡他請了四個客人吃飯，點菜時點的全是最貴的菜，龍蝦魚翅鮑魚都沒落下，酒也是上千塊錢一瓶的，一來就開了兩瓶。男人點菜時態度大方，尤其難得的是彬彬有禮，財大氣粗的人，萩菱見了不少，財不大氣也粗的人，萩菱也沒少遇到過，點菜豪氣而又彬彬有禮的人，就不多了。萩菱上菜時，他總幫著在轉盤上挪出位置，還不忘回頭給她一個微笑，那微笑看在萩菱眼裡，有著感謝和鼓勵，也許還有一點點好感，萩菱心裡美滋滋的，她自作多情地以為男人看見了貧窮外衣下女性特有的魅力，她甚至還抽空去了洗手間補妝，希望讓他留下更好的印象。這時的萩菱其實也才二十三歲，完全看不出生過孩子，身材依然姣好輕盈，腰肢纖細，乳房飽滿，尖尖的瓜子臉，因為不見天日的室內工作愈發白皙。比起離家前的她，跑車時的她，沒了陽光曝曬，沒了風吹雨打，肌膚更顯細膩。

眉眼標緻，體態玲瓏，論起對男人的吸引力，萩菱自認還是有一些的，有時也遇到些輕佻的客人，吃完飯結帳時，故意摸一下她的手，或者直接向她要電話。但萩菱不是什麼人都看得上，有兩個她倒是給了電話，一個約她去唱歌，包廂裡藉故毛手毛腳想吃她豆腐，她再也不接他的電話。另一個，出去吃了一次飯，看了一次電影，萩菱猛然發現男人沒有工作，第三次打電話約她，便開口向她借起了錢，她淡淡說了句：沒有，便連這人的電話也不願接了。

今天包廂裡的男人，出手闊綽，風度翩翩，應該是比較理想的對象。不是萩菱發花癡，見個男人就考慮往下交往，實在是男人看著她的眼神，確實藏著些許沒說出口的話語，最後一次萩菱端點心往包廂裡送時，男人還殷勤接過她手裡的盤子，幫她放在轉盤上，彷彿她並不是服務員，而是他的同事，甚至朋友。萩菱還一廂情願地沉浸在良好的自我感覺裡，決定待會只要他開口問她電話，立刻就用他的手機撥一個，這樣他的手機裡有了她的電話，她的手機裡也有了他的電話。

不想，男人結帳時，喊了萩菱進去，說是在點心之前送進去的那一道菜裡，發現了一隻蒼蠅，令他們十分倒胃口，要餐廳給一個說法。

萩菱站在桌前，原本良好的自我感覺霎時蕩然無存，她的腦子發熱，渾身冰涼，兩隻手尤其是冷得發麻。萩菱熟知餐廳處理此類事物的方法，如果服務員沒法賠禮道歉，讓客人買單的話，那麼這一張單中的五成會由服務員下個月的工資裡扣，另外五成由廚房負擔三成，餐館承擔兩成，不管公不公平，萩菱知道除非辭職不幹，不然是無處申訴的。這一張單的五成，萩菱一整個月的工資也不夠賠，更何況廚房的人還會因此擠兌她，萩菱無論如何得讓他們付帳。

萩菱吶吶地解釋著：「餐廳的廚房衛生絕對符合規範，您也看到了，空調餐廳裡一隻蒼蠅也飛不進來，肯定是有了誤會。」

「什麼樣的誤會？你的意思是說是我們做了手腳，故意往菜裡扔了一隻蒼蠅？」男人的朋友說。

「我不是這個意思，但我們餐廳的菜肯定是衛生的。」萩菱氣弱地堅持著。

「你們肯定沒問題，不就是說我們有問題？」

萩菱怎麼也想不到原本看來風度翩翩、彬彬有禮的人，這會兒竟然為難起自己。萩菱也沒法想明白，為難自己的究竟是處事不厚道的餐館老闆，還是眼前這桌客人，又或者是那隻已經溺死在油膩膩的湯汁裡的蒼蠅。

他們相互堅持著，誰也不肯退讓。

「叫你們經理來。」男人說。

「經理今天不在。」萩菱扯謊。

「打電話叫他來。」

「他來了也是一樣的。」

「我倒不信了，吃出一隻蒼蠅，還要不到一個說法。」

「不然，這一道菜給您免單吧。」

「我們胃口都沒了，這怎麼行？就是精神撫慰費也不止。」

「這已經是給您最大的優惠了。」萩菱說，心裡盤算著那一盤魚也要七十八元，今天這一天白幹了也不止，不免有些不甘願。

男人和他的朋友卻還不依不饒：「你自己說，吃到了一隻蒼蠅，噁不噁心？」

「這不是沒吃下去嗎？」萩菱說。

「你這什麼意思？蒼蠅是能吃的嗎？你吃一個，我看看。」

「我若是吃了，你們就肯買單了嗎？」萩菱問。

「你吃啊，我看著。」男人的朋友說。

萩菱怕收不到這一單的錢，她拿起一雙筷子，夾起蒼蠅，就吞了下去。

幾個人怔住了，男人說：「你這算什麼，銷毀證據啊？」

萩菱一個晚上的期待落了空不說，現在還遭到了這樣的屈辱，她的眼淚啪啪地往下掉。

「好了好了，算啦，以後不來就是了。」看見萩菱哭，而且作為證據的蒼蠅也真的找不回來，另一個男人打起圓場。

男人掏出錢扔在桌上，揚長而去。

他只少付了兩百元，當然這兩百元萩菱得貼上，雖然她還吞了一隻蒼蠅，但是這已經算是將損失降低了，她還能奢求什麼？誰叫她端上桌之前沒有看清，一想到那只蒼蠅，這會彷彿在萩菱肚子裡騰飛，狠命造反，不甘心似地，折騰得萩菱來不及收盤子，立馬奔進洗手間裡吐了起來。

吐完了，她在洗手臺前用冷水漱口洗臉，看著鏡子裡略顯憔悴的面容，就在半個小時前還是容光煥發，甚至沾沾自喜，沒想到全是自己自作多情，結果讓她賠禮道歉不說，賠了錢，還得吞下那只噁心的蒼蠅。她嘲笑起自己，不覺又流下眼淚，外面店長已經不耐煩地催她快快收掉桌子，她只得胡亂抹去淚痕，重新奔進包廂。

這一次的打擊，萩菱比較能看清自己的處境，幻想在餐館裡遇到白馬王子顯然是不切實際的。她對於天天端盤子的人生愈發感到心灰意冷，恨不得立刻辭職，但苦於無處可去，只好捱著。她不知道，她雖然已經盡力在忍耐，覺得自己委屈得不得了，但是店長也已經對她十分不滿，萩菱每日垮著一張臉，手腳慢不說，態度也十分懶怠，就在店長忍無可忍，想要叫她走路之際，萩菱的生活出現了一個轉機。

一個常來餐館吃飯的中年女人，新開了一家SPA館，問萩菱願不願意去當按摩師，她負責培訓，培訓好了，不但工資比現在高了兩成，最主要環境好，沒有廚房的煙燻，盤碗的油膩，裝修新潮精緻的SPA館裡瀰漫著精油的香氣，什麼薰衣草、玫瑰、洋甘菊、佛手柑，光聽著都覺得舒服，制服也體面。

中年女人姓許，她要萩菱喊她許董，許董說：「主要是你身材纖細，皮膚也還行，我們的按摩強調有瘦身和排毒的效果，所以絕對不能胖，也不能長雀斑痤瘡一類的，不然客人怎麼有信心？」

萩菱立即辭了職，去了許董開的SPA館，SPA館的裝潢雖然富麗堂皇，但是員工宿舍一樣擁擠簡陋，不過，萩菱已經習慣了，更何況一天工作十二個小時，回到宿舍倒頭就睡，有個鋪位就行，上班時至少環境賞心悅目。萩菱原以為做按摩時比端盤子輕鬆，來了才知道，幫人按摩可費勁了，尤其是推脂，一個客人推下來，滿身大汗。

SPA館裡的客人全是女人，萩菱經過了幾次失敗的邂逅，或者說是錯誤的情愫滋長，倒也放下了原本不切實際的遐想，萩菱對自己說，什麼遐想？根本是瞎想。但是當好幾個客人說，萩菱長得和許董相像時，之前看過的一部電視劇，又勾出了她別的念頭。電視劇裡，昔時拋棄孩子的母親有著不得已的苦衷，等到二十年過去了，思念孩子的心會促使她到處打聽孩子的下落，而此時，原本有著苦衷的媽媽轉身一變，成為事業有成的女強人。萩菱的養父母是窮，但她沒見過的親生母親，如今過得怎麼樣了？她一點也不知道，說不定正握著一把金湯匙到處找她想要塞進她嘴裡，重逢時，她們會相擁而泣，萩菱心中浮現荒唐的對白：「當年沒能讓你銜著金湯匙出生，是媽對不起你，現在讓媽好好補償你。」

更何況，除了親生母親可能會補償她之外，別忘了，親生父親也愧對她呢。

當萩菱這樣想著親生父母對她的虧欠時，她完全忘了自己也拋下了丈夫和女兒。

萩菱原本並沒發現自己和許董哪裡長得像，但是連續幾個人說了以後，萩菱仔細打量過許董，發現眉眼處還真有些像。為此滿心狐疑的萩菱，又在心裡編起了另一個故事，正好一天許董要她去她辦公室取她落下的手機，她看見了桌上有一張許董年輕時的照片，看著更是像，幾乎可以說是一個模子，只不過許董的臉略寬一些，鼻子略大一些，額頭略高一些，嘴唇略薄一些。

萩菱開始找機會打聽許董的過去，她是北方人，年輕時沒到過南方，前年才由北南下，在這座城市落腳。難道當年她為了拋棄自己的親生孩子，大費周折地南下近千公里，似乎有點說不過去。更何況萩菱的養父母揀著她的地方，可真真是遠離繁華的農村啊，那偏僻的小鎮，連省內的人，絕大多數也沒有聽說過。

萩菱還是不願放棄，畢竟好些人說她們長得像，許董似乎也對她特別關照，她把萩菱從餐館找來身邊工作，不就是個證明嗎？萩菱一廂情願地揣度著，她在電視上看到過，只要有兩個人的頭髮，就可以進行基因比對，檢測兩個人是否有血緣關係，一旦有，萩菱的身分馬上就變了，從一個小小的打工女，轉身蛻變成富二代。等了好幾天，她終於找到機會溜進許董辦公室，從她的梳子上取下兩根頭髮，趁著假日她去醫院詢問了做親子鑒定的費用，她不知道只不過是做個檢測，居然需要這麼多錢，錢沒帶夠，只好回來了。

回宿舍的路上，萩菱的腦子略微冷靜了些，值得為這麼一樁沒譜的事，花這麼些錢嗎？她記得剛來上班時，許董問過她是哪裡人？如果，她真是許董的女兒，她不可能聽到那一座名不見經傳但唯獨對她有特別意義的小鎮時，完全不為所動啊。

轉念間，萩菱恍然大悟，心裡出現新的故事，許董原無意拋棄自己的孩子，可是她還沒結婚，她的家人為了她的將來，不得不瞞著她偷偷將孩子帶到遠方拋棄。又或者，她結了婚，重男輕女的公婆為了讓她再生一個男孩，偷偷將襁褓中的女娃丟在偏僻的鄉間。這就能解釋為什麼許董沒去過南方，因為孩子不是她自己丟的，她壓根不知道親生女兒流落何處。這一恍然大悟重又燃起萩菱的希望，並且解除了她心中的疑惑。

然而，不等萩菱考慮清楚是否下一次輪休時，索性一咬牙，就去把親子鑒定做了，也好了卻一樁心事。SPA館已經先被人潑了漆，玻璃門上寫著欠債還錢四個大字，一批債主的現身立馬引來更多原本不知藏身於何處的債主，他們嚷嚷，他們咒罵，說許董的裝潢費沒付，進的貨款沒清。員工們這時才意識到自己白幹了三個月，一毛錢工資沒拿到，因為許董當初說試用三個月，試用期滿，工資一起結。大家看著這麼大的排場，沒人懷疑，所謂跑得了和尚跑不了廟，怎麼知道這廟本來也就不是那和尚的。

要求結清的廠商很快引來新聞媒體，以及已經交了一年甚至三年入會費的會員，還有一個女人哭著說：「我可是終身會員啊。」

當然，許董不見了。

萩菱匆匆搬出了宿舍，因為房東飛快趕來換鎖。她已經不想知道許董和她有沒有血緣關係，不，她堅信她們沒有，她們其實也沒有那麼像，那些說她們像的人，有時候只是沒話找話。仔細想想，許董的臉比萩菱略寬一些，鼻子略大一些，額頭略高一些，嘴唇略薄一些，她們本來就沒有任何關係。

損失了三個月的薪水，現在連個落腳的地方也沒有，萩菱拖著行李，站在大街上，完全不知道接下來該往哪走？腦子裡突然浮現一個念頭，去沿海，不都說沿海富，萩菱還沒看過海呢。一直活在西南山坳裡，後來說是到了大城市，但嚴格說還是在內陸，早就應該去沿海，興許那裡機會真的比較多。

一個地方一個地方換著，在公路上，移動，在城市裡，停留，不管怎樣，她的心總不定，這些都不是她要的。繁華的城市裡，光有晶亮的跑車，粉嫩的冰淇淋，美麗的連衣裙，精緻的高跟鞋是不夠的，還要有大房子、名牌包、寶石戒指，而這些沒有一樣萩菱要得起。

時間一年一年過去。

萩菱捨下原本的人生，勇敢追求更美好的新生活，又因為新生活不如嚮往中美好，毅然捨下眼前正一天一天數著過的日子，重新上路，繼續自己的夢想，在一次次地拋下捨棄與追逐不輟間，她猛然發現自己始終沒能過上想要的生活。

時間卻依然一年一年地流逝。

後來，在南方一座濱海城市，萩菱跟著另一個男人又開始了跑車的日子。後來這樣的句子，在童話故事裡可以概括很多情節，在現實人生裡原來也是。男人開車，萩菱收錢，張羅著兩個人的吃喝，男人不知不覺依賴起她，這時候萩菱已經四十歲了，她不再嬌俏，腰身渾圓，整整粗壯了一圈，她不知不覺陷入和二十年前同樣的人生軌跡，只不過原本她的車窗外是一座座山，山上一棵棵樹；現在她的車窗外是一大片海，還有一波又一波不厭其煩捲上岸邊的浪。

一個城市一個城市換著，移動在公路上的萩菱，一天遇到了一個年輕的女孩，女孩看著讓人覺著特別親切，剛買了一袋橘子的萩菱，於是將橘子湊向女孩，要她自己撿兩個剝了吃，已經是深冬，橘子甜得很。

女孩拿了一個橘子，握在手裡沒剝。

「你住在S市嗎？」萩菱問。

「不是，我在S市讀大學，寒假實習結束了，要回學校。」

「聽你口音，不是本地人。」

「是的，我家在市邊上的一個小鎮。」女孩說：「我爸媽也是跑車的，可我媽在我小時候就跑了。」

「跑啦？」萩菱的心裡一抽。

「是的，我爸說，我很小的時候她就離家了，離開後，再也沒有回來。」

「你們找她了嗎？」

「我不知道，我爸說，如果她心裡有我們，是不會走的。」

萩菱驚住了，打量眼前的女孩，眉眼之間有沒有熟悉的影子，她不能確定。

女孩繼續說：「從小我就下決心，我決不這樣過日子，我要在一個地方安生，總在旅途中，心不定啊。」

「想在城市裡扎根，也不容易啊。」萩菱遙遠而模糊地想起自己在餐館打工時吞下過的一隻蒼蠅，還有在花香繚繞的 SPA 館裡，手指使勁推揉著客人身上無窮無盡的肥肉，她幾乎以為自己已經不記得這些了，原來並沒有忘記，但她忘記了原本自己想成為一個什麼樣的人。萩菱說：「不過，你是大學生，念了這麼多書，不一樣。」

「是的，我爸爸說，一定要讀書。」

「你想你媽嗎？」萩菱鼓起勇氣問。

「不想。」女孩乾淨俐落地說：「我根本不記得她，怎麼想？」

車到站，女孩下車走了，她看見她的行李拉桿箱上有一隻草莓形狀的吊牌，上面有她讀的學校，和她的名字——梁琪。萩菱怔怔立在原處，想不明白自己的人生是怎麼走到這個地方，煩瑣中透著蒼涼。半晌，她的男人喊她：「走了，上路了，還來得及再跑一趟。」

她上了車，而她知道，其實是來不及了，惶惶反覆的一生，其實是來不及了。

# 如果明天遇見你

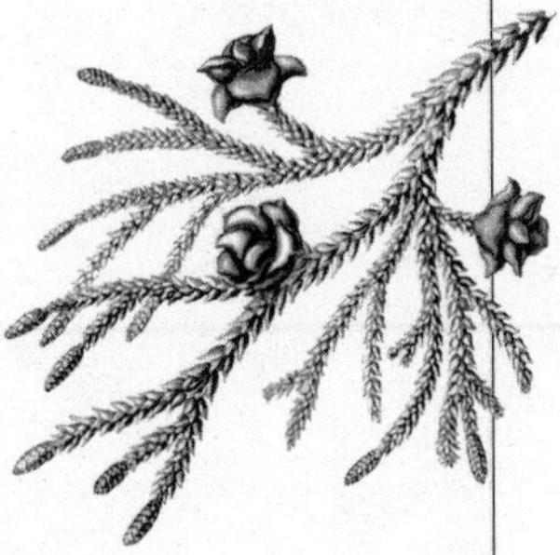

如果有人問我最喜歡的食物是什麼？我會無法確定是以酸乳燉煮的手抓羊肉，還是加了夏多內白酒調製的鵝肝慕司；我最喜歡的花是哪一種？我無法確定是芍藥、海芋，還是荷花？我最喜歡的歌曲是哪一首？我也會無法確定是巫啟賢的〈想著你的感覺〉，還是文章的〈紅豆〉？你以為我弄錯了，你說，〈紅豆〉是王菲唱的，沒錯，但我最初在臺北聽到的是文章唱的，我說的文章不是馬伊俐的老公，不是和李連杰在電影裡演父子的那個演員，是一個出生印尼的專業歌手，但現在已經聽不到他的消息了。

當然，聽不到並不代表不存在，這道理我早就明白了。

但是，如果有人問我最好的朋友是誰？我會毫不猶豫地回答：曉天，何曉天。

我是在和薇茜分手的那一天，遇到曉天的。

那天下雨，薇茜發簡訊要我下班後去她住的地方，在此之前，她斷斷續續和我冷戰了好幾回，我只是不想認真計算，若要計較，那麼這半年中我們冷戰的時間合計起來遠高於和睦的時間，而和睦時也僅止於和睦，並不火熱，也不算甜蜜。我們倆談戀愛快兩年，我聞得出薇茜想和我分手，分手其實大可以就近找家咖啡店談，她何必叫我去她住處？落雨的傍晚我餓著肚子堵在路上，下班時段本來就是交通高峰，更何況天氣又差。我心猿意馬地想起曾經聽人說：分手時做愛最堪回味，因為明知道是最後一次，以後不會再有，雙方會分外投入，再加上心裡猜測對方說不定已經另結新歡，即使分手成定局，床上的聲勢還是要保住，回想起來時也多一分眷戀。薇茜願意在分手時最後一次和我親熱嗎？所謂分手性愛的滋味，我還一次都沒嘗過，今晚有機會嗎？我一路上這麼胡思亂想著不是因為我不在乎薇茜，而是我感覺得出她已經有別的男人，我和她是無法挽回的了，就如同那句俗話：天要下雨，娘要嫁人，都由不得你說不，正好那天又是個下雨天。

堵了一個多小時，我終於從城南到了城北，薇茜已經將這兩年我送給她的禮物整理打包，原來她叫我大費周章地過來，只是要我拿走這一包曾經濃情蜜意如今棄之也不可惜的東西，她站在門邊，將一大袋東西交給我，沒有讓我進屋的打算，看來分手性愛徹底沒戲。我沒有說那些祝福你，假裝自己很有風度的話，也沒有說再給我一次機會，難道我們過去的愛都是假的？這一類企圖翻盤其實是糾纏的話。我默默地拿著一大包東西，轉身搭電梯下樓，然後在下一條巷口的 7-11 買了包香菸和打火機，沒錯，我本來不抽菸，可是眼下實在太悶了，再到下兩條巷子裡的小公園不顧長條椅上的雨水逕自坐下。我剛點燃第一根菸，曉天就出現了，她站在我面前，剛好擋住了路燈的光，大概是怕雨水弄濕了衣服，她沒有坐，只簡單地沖著我說：「來根菸。」不是詢問句，而是命令句，我遞給她，並且幫她點著，她一手拿菸，另一隻手也沒閒著，撥了撥我放在椅子上的袋子，問：「分手了？」

我點點頭。

「完全沒有轉圜的餘地。」她宣布，而非猜疑。我看著她，她吐了一口菸，說：「她用超級市場的購物袋裝你送給她的禮物，而不是其他比較稱頭的百貨公司包裝袋，可想而知你在她心裡的價值。」我不置可否，她聳聳肩繼續發表看法：「但也還好她裝在這袋子裡，要是SOGO或新光三越的紙袋恐怕已經破了，你看這雨……」說著抬起頭，兩人同時發現雨不知道何時停了。

「有沒有錢？」她又問，像是我們多熟。

我掏了掏口袋，掏出五百元，她一把拿走，要我等她一會，就離開了，然後用了似乎還不到十分鐘就又回來了，買了酒、熱狗、茶葉蛋、涼麵、壽司和一包剛從微波爐裡拿出來熱騰騰的爆玉米花，她說：「失戀沒什麼大不了，喝點酒就過去了。」沒有杯子，但是她拿了吸管，我們就這樣在小公園裡一起喝了一瓶智利紅酒，我也知道了她的名字，何曉天。那一年我二十四歲，剛剛步入職場，在郊區租了一間小套房，每天騎四十分鐘摩托車去上班。那次失戀讓我記住了爆玉米花的味道，不僅是味覺的，還有嗅覺的，濃濃的奶油味讓無論什麼樣的心情都稍稍增加了一點點溫暖，就好像畫畫的時候在每種顏料裡加進白色，於是紅色變成粉紅，藍色變成粉藍，紫色變成粉紫，一切都染上了童話的色彩，後來我意識到這味道也和曉天聯繫在了一起。

我沒再去那座小公園，和薇茜分手後我沒有理由繼續在那附近出沒，我可不希望萬一遇到薇茜，她誤以為我跟蹤她，或者想製造巧遇。但是，我倒是盼著能見到曉天，為什麼那天竟然會忘記和她要電話號碼？就這麼偶爾想起曉天，心裡便浮起淡淡的遺憾，日子仍舊以一天二十四小時不變的速率流淌，我認識了新女友涓涓。和薇茜分手時我也傷心，但我是個實際的人，即便情傷也還是知道新戀情某日會再在我身邊出現，只是不知道這個某日比我預想得快。

涓涓是個開朗的女孩，開朗卻不呱噪，喋喋不休是件很嚇人的事，陰鬱也很嚇人，不知道從什麼時候開始，有些人誤以為神情憂鬱的女孩比較惹人憐愛，大概是那些無聊的文學家搞出來的，好比多愁善感不時抹淚的林黛玉，或者身世堪憐臉龐蒼白的茶花女瑪格莉特，但我喜歡愛笑的女孩，老是要我猜對方的心事我可受不了。和涓涓約會了幾次，感覺還算自在，這很重要，不自在要怎麼往下發展，一天，我送涓涓回家後，騎摩托車回到住處，對了，涓涓也不嫌棄我沒開車，讓她坐在摩托車後座吹風吸廢氣，竟然在樓下遇到曉天，曉天說：「你住在這兒？真是太巧了。」

「你來這找朋友？」我問，這一回一定要和她要電話。

「不是，我來這算命，結果迷路了，在巷子裡轉來轉去半個小時，找不到我坐來的那一線公車。」

「我就住樓上，要不要上來坐坐，喝點東西，待會我送你回去。」

「也好，我還真的有點渴了。」

曉天隨我進到簡陋的住處，她說：「還好，不算太髒亂，不過，太乾淨的男人做朋友也怪嚇人的。」

我倒了一杯可樂給她，她接了過去喝了一口，卻問：「你有冰箱，但沒有啤酒，你不知道單身漢的冰箱是為了啤酒而存在的嗎？」

「沒有，如果有，我也不好意思給你，怕你以為我想占你便宜。」我誠實地回答。

曉天對我的誠實嗤之以鼻，像初次相遇那天一樣丟給我一句「等我」，只是沒和我要錢，便開門下樓，我喊住她：「還是我去吧，你剛才不是說迷路了。」

「你巷口就有全家便利商店，我從它前面走了四次，丟不了的。」

曉天很快回來，我們從袋子裡拿出冰啤酒，一人一罐拉開拉環，像是日本偶像劇裡常常出現的畫面，小房間裡燈光溫暖，我和她說起了涓涓，曉天給了我一些建議，我承認自己不瞭解女人，但是又有多少男人瞭解呢？就連我爸和我媽結婚快三十年了，我爸也常說不知道我媽是怎麼想的？曉天雖然是個女的，我們卻能像哥們一樣聊天，她說：「那是因為我們是朋友，而不是男女朋友，我們彼此對對方沒有期望，也沒有欲望。」我覺得她說得很有道理，男人對女人有欲望，女人對男人有期望，所以什麼事都變複雜了。

「你剛說去算命，算什麼？」我問。

「什麼時候遇到真命天子？」

「你沒有男朋友嗎？」

「上一個男朋友分手都一年了。」

「你喜歡什麼樣的?我幫你介紹。」

「也許問題就出在我不知道自己喜歡什麼樣的，說不定我是同性戀，過去一直找錯了方向。」

「所以你今天去問算命的你是不是同性戀?」

「這也能從命格看出來嗎?哎，我竟然沒問。」曉天灌了一大口啤酒。

我們隨意亂扯，我竟然在沙發上睡著了，等手機的鬧鈴響了，我才發現陽光已經從落地窗探了進來，曉天什麼時候走的，我都不知道，電話號碼當然又沒問。

一直到第六次見面，我才終於要了曉天的電話號碼，還好雖然不能打電話給她，這個方向感極差的女人卻記得我家在哪，自己找上門來。我和一個好朋友聊起曉天，他說異性戀的男女之間不可能有純友誼，除非女方醜到斃，因為男人是欲望的動物。我思索起來，關於自己對於曉天的欲望，和一個談得來的異性朋友沒有顧慮地聊天，算是一種欲望嗎?和女朋友通常是無法做到無話不談的，這種情況在很多人身上都會發生吧。至於曉天漂亮嗎?不是很漂亮，但是絕對有吸引力，為什麼我不曾想要追求她？我也不知道，更何況遇到她的那一天，我剛好失戀，卻不曾有過與她發展下一段戀情的想法，是因為珍惜我們之間的無話不談嗎？所以不想改變這樣的關係。

一天晚上我做了一個夢，夢裡我走在河的左岸，看見河的右岸有一座古老典雅的教堂，於是想過到對岸看看，河很寬，我的前方就有一座橋跨越到對岸，我上了橋往對岸走，到達對岸之後，我意外地發現教堂仍然在對岸，我雖然過了橋，但是還是置身河的左岸，滿心疑惑的我，又上了橋再穿越一次，結果還是一樣。那是個有月亮的晴朗夜晚，月光均勻地灑在河面上，望著河對岸的我突然明白了，我被透明的夜罩住了，這透明的罩子將河的兩岸分隔成無法跨越的兩個區域。

曉天聽我說完，問：「你想和涓涓結婚嗎？但是你又覺得你們之間有無法跨越的阻攔。」

「你的意思是說，教堂象徵著結婚？」

隔著電話，我看不見曉天的表情，但我可以感覺到她聳了聳肩，然後說：「不然呢？」

事實是，我隱約覺得涓涓在暗示我向她求婚，或者不是求婚，依照日劇的說法就是向她表白，我們是以結婚為前提的交往。

「弄了半天，你不想和她結婚，難怪說夢境是反的。」

「我不是不想，是不知道自己想不想，我們交往才半年。」

「二十六歲的男人，覺得結婚還太早；但是二十六歲的女人覺得，要在三十歲以前把自己嫁出去，那麼從眼下開始就不該再把時間浪費在和沒有結婚打算的男人廝混上。」曉天說。

「我不是沒有結婚打算，只是現在就決定快了些，你說三十，從二十六到三十還有四年。」

「是只有四年，等到二十七了，她才發現你不想和她結婚，如果下一個願意以結婚為前提交往的男人不立即出現，轉眼她就二十八了，在這一個階段，時間對男人和對女人的意義不一樣。」

又過了半年，我仍然沒給涓涓承諾，涓涓說，也許我真正喜歡的不是她，不如分手吧，那時她剛過二十七歲生日，曉天說得沒錯，時間對二十七歲的女人和二十七歲的男人是不一樣的。我沒有說出口，但是心裡祝福她快點遇到那個她將要結婚的男人。

我又失戀了，我想起曉天說的失戀要喝酒，我約她晚上來家裡，下班後去便利商店買紅酒，聞到爆玉米花的香味，就又買了玉米花。

一個小時後，曉天盤腿坐在我唯一的一張沙發上，一邊喝紅酒，一邊宣布涓涓覺得我沒有誠意，以女性的邏輯判斷。

「愛不愛，和結婚計畫沒有關係啊，也許明年我就想結婚了，但是現在還不能確定啊。」

「但是你不願許諾，如果你愛她，你會許諾。」

多麼奇怪的邏輯，她用何時結婚來判斷我對她的愛，我反而覺得她愛的不是我，是一個願意娶她的男人。如果她真愛我，怎麼會因為我還沒去思考的一件事，就決定和我分手。

曉天又一次陪我度過了失戀，我依然沒有想要追求她，說不定她真的是同性戀。我們偶爾一起喝酒聊天，幾乎都是在我的住處，有一次我提議一起去吃火鍋，她說不喜歡人多的地方，亂烘烘的，而且不習慣吃正餐，她幾乎是靠吃零食攝取熱量，便利超商幾乎提供了她的飲食所需，茶葉蛋關東煮熱狗蔬菜沙拉起士卷心酥脆皮雪糕雞蛋火腿三明治，花樣也還不少。

然後我遇到了若葭，她比我小四歲，我想這樣結婚的壓力會小些，她雖然比我小，但是生活上往往是她照顧我。認識沒多久，她就開始幫我收拾屋子，過去的女朋友沒人這樣做，弄得我有點不習慣，更糟糕的是，她可以感覺到別的女人進過這屋子，為了怕她誤會，避免不必要的困擾，我和曉天改在河濱公園見面，兩個人一身運動服，倒是不惹人注意。

「乾脆我介紹你和若葭認識。」我提議。

「萬一她不相信我們只是朋友，反而麻煩。」曉天拒絕。

「難道你永遠當我的祕密朋友，不認識我身邊其他的人？」

「等你決定和誰結婚再介紹我認識吧，不然才認識不久，你又鬧分手。」

面對曉天的調侃，我也不想辯駁，誰叫我們遇到的那一天，就是我失戀的日子呢？

一天晚上，我做了個惡夢，嚇出一身冷汗，我沒法再睡，便起來看電視，醒著等天亮，至少得等到七點，我才能打電話給曉天，雖然我嚇醒的時候就想打了。

我夢見自己被鬼附身，四肢呈大字型平躺在床上，身體卻無法控制劇烈抖動，上下震盪，母親用力壓著我也沒法遏止，夢裡，母親問我：「你小時候也發生過這樣的情況，你記得嗎？」不記得，我一點印象都沒有，夢裡的我在聽了母親的問話後更加恐懼了，難道事發之後，記憶會被消除，就像刪除電腦裡儲存的檔案一樣？後來我跟曉天說這個惡夢的時候，曉天說：「人會自動忘記自己無法承受的記憶，那是一種保護，因為太可怕了。」

在我的夢裡，身體無法控制地抖動是因為鬼企圖進入我的身體，正和我的靈魂爭鬥，鬼想要奪取這一副軀體的主導權，一旦獲得了，我就沒法支配自己的身體。

——

曉天問：「夢裡的你知道被鬼附身了，會怎樣嗎？」

「要不靈魂被驅離出去，在異度空間沒著沒落的漂浮；要不被囚禁在原本屬於自己的身體裡，眼睜睜看著占領者為所欲為。」我說。

「你最近在玩什麼電腦遊戲嗎？」

「沒有啊，我還以為你會說是我害怕若葭企圖控制我。」

「你說的，我可沒說。」

「上回我夢到河對岸有教堂，你就認為和涓涓有關。」

「你自己覺得若葭的掌控欲讓你有壓力嗎？」

「我不知道。」

「女人捍衛愛情，大概或多或少會有些掌控欲，但說到底還是出於關心。」

「她現在對於我和誰出去、幾點回家都要管，還不讓我吃泡麵和鹽酥雞，每天必須吃水果。」我抱怨著，也許我心裡已經不想繼續下去，只是不知道怎麼開口。終於，一次若葭偷偷查我的手機被我撞見，我一下子爆發了，分手兩個字不假思索脫口而出，若葭氣哭了，她摔下手裡的物證手機，揚長而去。我卻覺得整個人輕鬆了，我從沙發上拿起手機，若葭沒往地上摔，大概怕摔壞吧，我立刻撥給曉天告訴她新的失戀消息，並且宣布：我們可以在家裡碰面，不用大熱天去河濱公園散步了。

累積了多次失敗的戀愛經驗，對於交女朋友難免有些意興闌珊，就這樣偶爾擦出點小火花，放電，也接受放電，但沒有正式和任何人交往，一晃眼，我已經三十三歲。爸媽有些著急，不時地提醒我別誤了終身大事。幾個死黨先後都結婚了，最後一個踏上紅毯時對我曉以大義：「婚姻最重要是和平相處，能夠讓日子過下去，我看你別再找了，曉天就很適合。」

我把這話告訴曉天，曉天乾笑兩聲。

「難道你還沒弄清楚自己是同性戀還是異性戀？」我促狹地問。

「我們就當朋友，這樣最好，沒負擔，有話想說時才有人說。」

也許曉天是對的，可以無話不談的朋友其實很難得，我也不願意貿然改變我們的關係。

三十四歲生日剛過，我認識了文琦，文琦比我小五歲，她有自己的興趣嗜好，有自己的社交圈，工作忙碌投入的狀況剛剛好，可以留一點時間陪我，又可以留一點空間讓我獨自去做自己想做的事，她獨立但是不強悍，這世界上最可怕的女人莫過於用她的潑辣強悍迫使你必須承受她的溫柔和依賴。我們順利地交往了一年，我決定和她求婚，我沒有像電影裡演的那樣買好一枚戒指，然後安排一個浪漫的橋段，在高潮時從口袋掏出裝著戒指的紅色小絲絨盒，而是約她在SOGO百貨公司樓上吃法國菜，她一向喜歡法樂琪餐廳，然後帶她到樓下的珠寶店買戒指，我故意在珠寶店的玻璃櫃前逗留，牽起她的手問：「我們去挑一對戒指吧。」她有些訝異地望著我，顯然不能確定我說這句話的意思，我便接著往下說：「我們結婚吧。」我沒有說：「你願意嫁給我嗎？」那讓我覺得尷尬，「我們結婚吧」

比較像一句提議，就像「我們吃飯吧」，萬一她的反應不如預期，我也可以當作是時間點不恰當。

文琦聽明白了，她倒並不害羞，爽快地點了點頭。我便牽著她進了珠寶店，不先買好戒指，一方面是我擔心我挑的她不喜歡，我對自己的眼光沒有信心，另一方面，我選，鑽石就不能太小，但我的預算也有限，若是文琦選那就不同了。我瞭解她的個性，她有她實際的一面，與其把錢花在買戒指上，不如用在別處，組織一個家，要用錢的地方還真不少。文琦挑選了一對式樣簡單的對戒，售貨員刷卡的空擋，我們立刻為對方戴上了戒指。

「我想是時候到了，該結婚了。」我這麼告訴曉天。

「你的意思是說她不見得比你過去的女朋友更適合你，而是因為時候到了？」

「都有吧。」我說：「找一天我介紹你們認識。」

「我存在是因為你。」曉天一個字一個字說，發音無比清楚。

我有些驚訝，曉天的話讓我覺得沉重，她不會要對我告白吧，我們認識這麼久，如果她對我有好感，有朋友之外的情愫，不應該在我已經決定結婚的時候才說啊。

「沒有誰的存在只是因為另一個人。」我避重就輕，即便我就要結婚了，我還是很珍惜和曉天之間的友誼，就算婚後文琦有意見，我也不會妥協。

「是的，你說得對，但我存在確實是因為你。」

我懵了，曉天腦子出問題了，我聽說電解質不平衡，人會出現幻想，我結婚的消息應該不至於對曉天造成打擊啊。我不想再在這個話題上打轉，以免對話內容變得更加荒唐，我向她說起文琦，也許她會逐漸願意試著和文琦交朋友。

那天之後，曉天沒再主動找過我，我打電話給她總是關機。一開始我以為她鬧情緒，多年好友突然宣布要結婚，難免有些失落，她也許需要一點時間調試。兩個月過去了，曉天還是沒有任何消息，我雖然忙著婚前的種種瑣事，還是覺得擔心，一個人怎麼就這樣消失了？我和當初說不相信男女之間有純友誼的朋友說，曉天不見了，以及最後一次碰面時她說的話，朋友先是不以為意，要我別在這個時候生出事端影響了婚事，但見我是真的牽掛，朋友說：「給我她的手機號碼，我認識人，有辦法幫你查通聯記錄，也許能說明你找不到她的原因。」

幾天後，我接到朋友的電話，他劈頭就罵：「你要我啊，那是空號，我起初以為你的曉天為了躲你故意換了號碼，但是一查才發現那個號碼停用好幾年了，原本登記的名字也不是曉天，你別告訴我遇到靈異事件啊。」

「不可能。」我說：「白天我們也見過面的。」

「你想想，她第一次出現是你失戀的時候，然後每次你和她在一起，討論的都是你的感情生活，你要介紹別人和她見面，她都推託。不管她是人是鬼，別再找她了。」

掛了電話，我努力回想，我和曉天碰面時確實沒有別人在場，第一次在小公園，第二次在我家樓下，接著幾乎都在我的住處，曉天說不喜歡人多的地方，後來怕女友誤會，也去過河濱公園，但如今想想，我們約會的那個角落，還真沒遇到人。

婚禮的準備工作如期進行，我放棄了尋找曉天，也許說放棄並不準確，因為我根本沒有可供尋找的任何線索，唯一的途徑手機號碼也是虛擬的，但是每當電話響起，我還是下意識地希望是曉天打來的。就這樣，我從一個單身漢變身成為有家的男人，擁有一兒一女，七歲的兒子喜歡我陪他騎車，三歲的女兒喜歡坐在我腿上聽我給她讀故事，我依然不能完全肯定什麼是幸福，但是我想在許多人心裡，我所擁有的已經是幸福。結婚十年，我們依然持續品質不錯的性生活，假日一起買菜，吃飯時不至於除了孩子就沒有別的話題。

十年過去，我的時間幾乎都花在工作和家庭，做一個盡職的父親陪伴兩個孩子長大，可比想像中費工夫，我每天忙得沒有時間寂寞，也或者幸福的已婚男人本來就並不寂寞，但我偶爾還是會想起曉天，不是經常，卻始終沒有忘記。

有一天，當祕書端著一杯咖啡送入我的辦公室，是的，我有自己的祕書，還有自己的辦公室，她放下咖啡杯，說：「剛才開會的時候，您太太來過電話，請您會議結束後回個電話。」我看著桌上的黃色馬克杯，裡面盛著沒加糖的黑咖啡，因為震盪而微微起伏搖晃，杯子邊沿是誘人的米色泡沫，因為溫度激發出的香醇咖啡浮沫。就在這時候，我的腦子裡突然竄出一個念頭，難道我過去最親密的朋友曉天是自己幻想出來的？又或者說她其實是另一個我？就像是一個人身上的X染色體與Y染色體因為某種原因悄悄分離，並且彼此陪伴，進行了數年談話，X企圖幫助Y瞭解自己，看清自己與地球上存在的另一性間的關係和需要。

也許許多人都在不知不覺和自己進行相似的交流，只是我太沉浸其中，因為失戀讓我空虛，而這空虛又很難和現實生活裡的朋友說。喜歡看老電影的人可能看過湯姆克魯斯演的《雨人》（*Rain Man*），父母過世後，他突然發現有一個因自閉症住在療養院的哥哥，他逐漸明白小時候以為是幻想朋友的 **Rain Man**，其實是他的哥哥雷蒙。我的情況剛好相反，湯姆克魯斯把存在的實體誤以為是幻想，我把幻想誤以為是實體。

因為失戀的寂寞的緣故，我自言自語了多年。

因為有你，我才存在。

這是曉天最後和我說的話，我現在才懂得。我拿出手機，找出曉天的號碼，按下通話鍵，當然沒有人接聽。

也許朋友說得對，曉天消失了，就是希望我別再找她，或者是覺得我不需要再找她。

十年了，我始終沒有刪去曉天的號碼。

誰知道接下來會發生些什麼？說不定那天她自己又打電話來了？

下個星期我就要慶祝結婚十週年了。

而結了婚的男人，需要一點祕密。

# 雙生

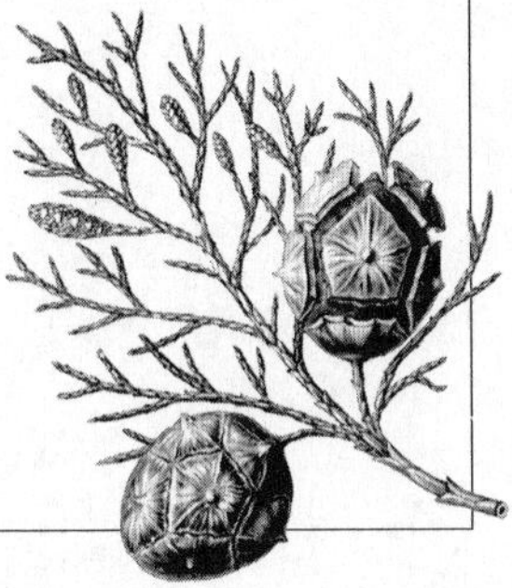

「是個女的。」產婆說，剛來到這個世界的女嬰啼哭不止，似乎滿腹委屈，對於產婆如此草率地宣布了她的身分，彷彿她也隱約知道這個身分關係著她的命運和位置。

「唉，賠錢貨，生了有什麼用。」玉桂嘀咕著。

產婆將赤裸的女嬰用布包裹遞給蘇嬸，蘇嬸端詳著嬰兒的小臉，長得是眉清目秀，滿身通紅，依據經驗出生時周身通紅的嬰兒長得白嫩，她將嬰兒湊近玉桂，玉桂冷淡地偏過臉，連看都不願意看。

「等一下，還有一個。」產婆說。

「有一個什麼？」蘇嬸問。

「嬰兒啊。」

「在哪？」

「當然是肚子裡。」

「是雙生仔。」玉桂說，重又燃起一線希望，生了男孩，他們這一房才能多分一塊地，老大偉明結婚三年，媳婦梅英好不容易懷孕，生下的卻是沒用的女仔。

隨著嬰兒洪亮的啼哭聲，產婆再次宣布：「也是個女的。」

晚一點出現的嬰兒哭得更加委屈了，也是個女的，聽起來比是個女的還不如。

「賠錢貨一個還不夠，還成雙成對地來，養了也是白費。」玉桂說完，轉身摔門出去了。

躺在床上的梅英默默地流淚，圍在她身邊的人只關心嬰兒的性別，沒人在乎她的感受。

蘇嬸一手抱著一個女嬰，她以為梅英會要看看孩子，沒想到梅英什麼也沒說，或許是剛剛生產，已經用盡了全身力氣。蘇嬸將孩子擺在梅英的左右，她看見梅英的臉上有淚，但是她以為是因為生產的疼痛，於是她說：「好了，好了，一切平安。」

蘇嬸出得房間，尋到客廳才看見玉桂，正坐著喝茶，蘇嬸剛欲去廚房張羅點吃的給梅英，就被玉桂叫住了。

「看有沒有人家願意要，快點送走。」

蘇嬸知道玉桂指的是女嬰，重男輕女的人家這裡多的是，但是玉桂家境好，完全可以養這一對雙生仔，實在不需要如此狠心，蘇嬸說：「等她們大些，再找戶人家做童養媳吧。」

「早晚要送走，那就愈早愈好。」玉桂略想了想，又說：「送得遠些。」

蘇嬸還想勸，玉桂卻放下茶杯走了。

卓依依望著鏡子中的自己，是這一臉童真為她爭取到這個角色，一年前她因為一支雪糕廣告嶄露頭角，受到矚目，粉絲數飛快激增，得到藍莓公主的稱號。經紀人很開心，積極為她規畫合適的下一步發展計畫，她又拍了一支洗髮精廣告，營造出鄰家小女孩長大了的印象，接下來就是這部雙生雙旦的電影。經紀人對外說她今年十八歲，在紐西蘭出生長大，現在還在讀中學，純淨山水裡成長的她，予人自然無污染的印象。可事實上，她今年二十歲，聽說自己出生在中國，是的，是聽說，養大她的人告訴她的，出生後就被父母拋棄了，很幸運地遇到一對從紐西蘭來到中國的夫妻領養，他們將她帶回紐西蘭。

她五歲那年，這一對善良仁慈的夫妻意外喪生，於是她來到了因為領養而產生法律意義的阿姨家。阿姨不喜歡她，甚至排斥她，但是伴隨撫養她的責任而一併出現的遺產，阿姨並不排斥。依依被安排住在阿姨家的地下室，地面上潔白樓房裡的生活彷彿另一個世界，一個與她無關的世界。她像一個透明人，餓了自己打開冰箱，在吐司麵包上塗抹花生醬充饑，阿姨和姨丈對她只是冷淡，儘量當她不存在，但是阿姨的兩個女兒卻恨她，她們辱罵她，在學校裡假裝不認識她，還領頭嘲笑她，因為她亞裔的外貌。等她十四歲，她向阿姨提出想到中國讀書，阿姨立刻同意了，她知道他們恨不得她徹底消失，再也別出現。

於是依依回到了阿姨告訴她的出生地，完全陌生的國度，卓依依其實是經紀人林葦為她取的名字，在紐西蘭她叫珍妮佛懷特，屬於珍妮佛懷特的過去，她倒是和阿姨一家人有一致的共識，不但不想提，最好根本不要想起。

當網路上出現藍莓公主的封號時，林葦高興地說：「成為公主是每個小女孩的願望，我幫你達成了。」

卓依依睜著一雙無辜的大眼睛望著林葦，什麼也沒說，她的童年從來沒有公主的幻想，在她的養父母過世之後，她甚至沒有一本故事書、一個布娃娃，她每天在地下室擁抱著自己，抵抗可能竄出來的大老鼠。

為了拍攝這部電影，卓依依隨著拍攝隊來到了東部的小島，電影公司包下了一幢民宿，卓依依拖著她的行李進入分派給她的房間，房間有一個陽臺，可以看到海，她怕曬黑，只站在落地窗邊看了看海。林葦囑咐她每天敷面膜，別把自己搞到不感光，電影要拍一個月，三十片面膜使得她的行李愈發沉重，但是當她看到另一個女主角采蝶的行李時，她才意識到自己的裝備簡直簡陋到不能算裝備。

手機叮一聲，跳出了一行字：六點晚餐，餐廳見。

民宿的餐廳不大，完全走峇里島風，椰子殼花器貝殼風鈴蠟染窗簾桌布，卓依依進到餐廳時，男主角之一小維已經到了，看見她笑了笑，招呼她在自己身邊的位置坐下，在她耳邊小聲說：「比準時，我們贏了；比大牌，我們輸了。」

卓依依喝了口杯子裡的水，助理開始發翌日開拍的場次，卓依依一早就有戲，天不亮就得起來化妝，這是一部民初戲。

小維說：「還好不是古裝，不需要戴頭套，可以多睡半個小時。」

依依沒有搭腔，只當他是自我安慰。

采蝶入座，餐廳的服務生開始端出晚餐，采蝶的助理從包裡拿出一瓶歐洲進口的礦泉水，轉開瓶蓋後，放入自備的吸管，采蝶不喝餐廳的水，也不喝劇組提供的水，她只喝這一款歐洲進口的水。依依想，排場果然不一樣，她有了受氣的心理準備，有她這樣寄人籬下的童年經驗，她倒並不替自己的處境感到擔心，畢竟采蝶比她紅，能和她一起演出，而且戲分相當，對於依依這樣的新人，已經應該心存感謝。

導演招呼大家開吃，一邊說明翌日開拍的幾場戲，依依突然發現另一位男主角沒現身，正想問小維，小維彷彿看穿了她的心思，一邊剝蝦，一邊低聲說：「陳剛另一部戲還沒殺青，晚幾天才來。」

依依吃著清蒸魚，雖然她也想吃辣子雞，但是太油怕發胖，太辣怕上火，讓臉蛋長痘。

小維問：「陳剛沒有準時報到，你猜誰最不開心？」

「導演。」依依說。

小維繼續低聲嘀咕：「這當然是導演同意的，最不開心的是采蝶，她現在發現有人比她更要得起大牌，回去立馬衝助理發火。」

依依回復沉默，她本來就不是惹事的人，拍片現場的生態讓她更加安靜。

翌日，依依的鬧鐘四點就響了，她勉強睜開雙眼，端詳鏡子，還好臉沒水腫，昨晚重口味的菜她完全不敢碰，只吃了一小塊魚和許多不加任何醬料，拌了一點果醋的生菜。

就在依依化妝時，小島的港口已經生氣蓬勃地忙碌好一陣子，宋琦家的漁船捕回許多魷魚，捕魷魚的漁船是在夜間作業，利用魷魚喜向光聚集的特性。漁船回到港口，宋琦和母親、嬸嬸搶在天光大亮前將魷魚去除內臟洗淨，然後將清空的魷魚身軀穿起掛在竿子上，讓上升的日頭曝曬一整天。

太陽剛從海平面升起，劇組的人員也來到了港口，依依穿著單薄的旗袍，在海風的吹拂下強忍寒意，偏偏今天拍的這場戲，依依得走進海裡，在日出霞光耀目的海面上，依依的孤單有了一種詩意的美感。

宋琦的嫂子郁湘看到有人拍電影，放下了手中穿魷魚的活，跑去看熱鬧。回來後，她對宋琦說：「那女明星長得和琦琦有些像，要是我們琦琦打扮打扮也能當明星。」

宋琦沒往心裡去，以為嫂嫂因為剛剛丟下工作去看熱鬧，所以現下說幾句討好宋琦的話彌補。

「就是那個拍了支洗髮精廣告的女明星嗎？你哥也說和你長得像。」嬸嬸在一旁搭腔。

「是啊，就是她，她皮膚要白些。」

「當然白，她又不用曬魷魚，我們琦琦如果不曬魷魚，也會又白又嫩。」

宋琦願意曬魷魚，她從小就在這個家曬魷魚，一尾尾從海裡撈捕上來的白色魷魚，經過陽光的曝曬，泛出淺紅的色澤，乾硬卻有著獨特的香氣，那是大海的味道。這樣的活法讓她覺得踏實，只要有海，就有魷魚，只要有魷魚，她就有活法。

雙生仔出生時，她們的父親偉明因為工作在外地，等回到家才知道妻子生了兩個女孩，他卻連見都沒見到，一對女兒已經被送走。

「這麼大的事，怎麼不等我回來商量？」偉明氣急敗壞地說。

「阿母的意思，誰敢違逆。」梅英滿心不願意。

偉明去找玉桂，他問：「孩子送去哪了？我去帶回來。」

玉桂沒想到兒子會如此捨不得沒見過面的女兒，她說：「送給一個外地人帶走了，帶到哪去也不知道，你要去哪找？」

「我們又不是養不起，為什麼要將自己的親骨肉給別人。」

「偉明啊，你以為是阿母狠心，阿母找人算過，她們姐妹的命硬，犯剋，對你尤其不好，阿母沒法只好將她們送走，算命仙還說，她們離家愈遠過得愈好。」

「這樣的話，您也信。」

「不敢不信啊。」

偉明心疼，捨不得，但都無法，他私下問蘇嬸，真的是讓一個外地人帶走了，完全無跡可尋。

劇組開拍兩週，陳剛才到現場，第二天的戲立刻做了調整，每一場都以陳剛為主。

「還看不出來嗎？陳剛不僅遲到，還預備拍完就閃人，這顯然是和導演達成共識了。」小維和依依說。

依依無所謂，她只想好好完成自己的工作。

陳剛第一次見到依依，采蝶和小維以前都合作過，是舊識了，戲裡陳剛和采蝶是一對戀人，但是除了在鏡頭前，兩個人完全沒有交集，小維倒是和誰都有話說。

這一天下午陳剛請所有工作人員下午茶，咖啡奶茶蛋撻擺了滿滿一桌，采蝶當然不會碰，依依拿了一杯咖啡，陳剛瞅著她似笑非笑說：「聽說你在國外長大，難怪喜歡喝咖啡。」

依依安靜地望著陳剛，只說：「謝謝你的咖啡。」

陳剛說：「你一個在國外長大的九〇後女孩，能夠理解民國初年童養媳的心理嗎？」

沒人知道依依是個被陌生人帶到國外的養女，依依低著頭，啜飲著咖啡。小維湊了過來，手上是吃了一半的蛋撻，他說：「依依喝咖啡不加糖不加奶啊？」

依依點頭。

「是怕胖呢？還是習慣呢？」小維又問。

「老外喝黑咖啡的人多得去了。」陳剛說，一句輕描淡寫地回答，卻又讓人覺得意味深長。

「還是習慣怕胖呢？」小維不理繼續說。

在這齣戲裡，依依從小就被賣到了陳剛家，只等兩人長大就成親圓房，可是陳剛到城裡讀書認識了女同學采蝶，兩個人談起戀愛，陳剛於是堅決推掉和依依的親事。小維演的是追求采蝶的紈絝子弟，一意拆散陳剛和采蝶。所以戲裡依依和小維一場對手戲都沒有，倒是和陳剛有幾場對手戲，陳剛拍戲時並不照顧依依，但是導演喊卡之後，卻有意無意撩撥她。依依維持著禮貌，心想陳剛逗她無非是為了取樂，從現場情況看，他明顯和采蝶關係冷淡，依依是新人，還來不及有嫌隙或心結。自從陳剛到了現場，他的戲便集中拍攝，采蝶當然不滿，憑什麼要遷就他？一對戲裡相愛的戀人，現實生活裡卻水火不容，鏡頭前的濃情蜜意，攝影機一關，兩個人彼此視而不見。

當然采蝶不只是對陳剛視而不見，她也不願意搭理依依，只有小維偶爾還說上一兩句話。依依和采蝶有一場戲，是依依瞞著陳剛去哀求采蝶離開自己的未婚夫，善良的采蝶不忍心拒絕依依，陳剛知道後勃然大怒。拍攝這一場戲時，采蝶溫柔的語氣、真摯的眼神和平日判若兩人，依依也被她打動了。

去年秋天，劇組還沒來到這島上，天色剛暗，小巷裡一座樓宇中沒有開燈，光線來自開著的電視機，比窗外的天光還亮。

宋長慶坐在藤椅上，看見電視裡年輕美麗的女孩，每走一步長髮都在肩後輕輕躍起，光潔的臉龐，飽滿的額頭，烏亮的眼睛，每一個部分都那麼像琦琦，難道是琦琦的孿生妹妹。當時送養的婦人原勸他連妹妹一起收養，但妻子原意是為兒子收一個童養媳，只有一個兒子，要兩個童養媳做什麼？更何況就算有兩個兒子，媳婦也不能長得一模一樣啊！他們帶回其中一個女嬰，另一個去了哪？宋長慶也不知道。

過了幾年，妻子走了，他只把琦琦當女兒養，放棄了讓琦琦嫁給兒子的念頭。兒子比琦琦大了七歲，從小就很疼妹妹，兒孫們的人生由他們自己選擇吧！兒子二十歲回家說看上了鄰村同齡的郁湘，宋長慶覺得也很好，準備了彩禮去提親，那時琦琦才剛從小學畢業。

琦琦一直以為宋長慶就是她親生父親，他原想等琦琦二十歲時告訴她真相，沒想到琦琦這麼快就二十了，他說不出口，怕琦琦知道了，不像過去那般倚著他撒嬌。

梅英始終沒有忘記被送走的那一對女兒，他們只讓她看了一眼，兩年後她又生下一個兒子，偉明為他取名勤牧。勤牧一出生就備受疼寵，長房長孫簡直是要什麼有什麼，婆婆每日捧在手心上，梅英一旁看著，婆婆眼神話語裡滿是關愛，有時她的心中竟會升起一絲報復的快感，尤其是勤牧笑著向自己奔來時，掙開婆婆的雙手，奔向自己的母親，這是天性吧，奶奶對他再好也比不過母親的一個擁抱，一個親吻。

還好勤牧並沒有因為奶奶的溺愛被寵壞，他乖巧地成長，偉明對兒子的教育嚴些，他說：養不教，父之過。看著偉明對勤牧的期待，教他識字，教他騎單車、打籃球，梅英又覺得有些愧疚，她應該為勤牧再生一個弟弟嗎？但如果勤牧有了弟弟，那麼她的報復的純度就大大降低了。梅英就這樣糾結地過了許多年，或許是因為她的內心如此想著，上天終於沒再給她另一個孩子。

一個星期後，陳剛從拍片現場消失了，聽說是去軋另一部電影，那邊一直催著要人，陳剛只好提前離開。就在陳剛離開劇組不到二十四小時，有人發了一條微博，是依依和陳剛深夜時分並肩坐在沙灘看海的照片，微博暗指依依是陳剛新歡，陳剛的許多粉絲指責依依為搏出位不惜玩手段。

陳剛的態度不明，但依依滿心驚異，因為她並沒有和陳剛一起看海，戲裡沒有，戲外也沒有，除非她患了失憶症，對自己行事失去記憶，但是照片裡的人又分明和自己一個模子般相似。

小維心裡的想法是看熱鬧不怕事大，但是在依依面前有了戒心，不如電影開拍時口無遮攔，依依在劇組愈發孤單，她說照片裡不是她，劇組人員便擺出一副你說不是就不是吧的態度，然而有圖有真相，哪個網友會相信呢？

隔兩天陳剛回來了，劇組其實對這網上流傳的緋聞完全沒有不滿，反正當是增加宣傳。這一天拍的戲是陳剛知道了依依去找過采蝶，暴怒下說了許多傷害依依的話，依依本來擔心自已無法入戲，沒想到陳剛罵得如此真切，依依隱忍多年的委屈傾洩而出，當然也包含了這幾日網上流傳的緋聞讓她枉擔了虛名。

依依的淚止不住地流淌，眼神淒婉惹人動容，當她最後拚盡全力啜泣著說：「你只是她的最愛，卻是我這一生的全部啊。」連陳剛都被眼前這巨大的委屈震懾了，導演滿意地喊卡，依依還是哭。

「別哭了，我現在知道那照片裡不是你。」陳剛在依依身邊低聲說。

依依詫異地望著陳剛，什麼叫現在知道那不是她，難道原本連陳剛也以為和自己一起看海的是她。

劇組張羅下一場戲，在一片哄鬧聲中，陳剛不疾不徐地告訴依依：「我來的第一天就被跟拍了，當時連我都以為那是你。」

依依恍然大悟，難怪陳剛第一次見到她時態度曖昧，原來他以為依依故意假裝沒見過他。

「我只能說，這世上有人長得和你一樣，而且她現在就在你附近，說不定命運安排你不遠千里而來，就是為了與她相遇。」

依依矇了，陳剛應該不是騙人，那個女孩和自己這麼像嗎？

「別管網上說什麼，連那些說的人自己都不在乎。」陳剛扔下這句話走了。

依依的淚停住了，不是因為委屈發洩了，不是因為得到安慰了，而是因為驚愕。既然自己是被領養的，自然不確定自己是不是雙胞胎，這應該是最合理的解釋，依依要找到她，那個長得和自己一樣的女孩，也許找到她也就找到自己的家人了。雖然在整個成長過程裡，依依一直為著要不要尋找遺棄自己的父母而矛盾，但是現在不一樣了，她極可能有一個和自己同胞孕育的姊妹，真正的親如手足，那麼她和自己一樣被遺棄了，還是他們留下了她，只拋棄了自己？

劇組的戲已經拍了一半，依依不顧經紀人叮囑她別曬黑了，沒有她的戲時，她便去陳剛被偷拍的海邊轉悠，希望遇到和自己長得一樣的女孩。她戴著帽子和墨鏡，連著去了一個星期，清晨、午後、黃昏、夜晚，各種不同的時段，終於有一個女人衝著她笑，透過帽子和墨鏡認出了她：「我知道你是誰，雖然你的臉被遮住了。」

依依嘗試詢問：「我聽說這邊住著一個女孩長得和我很像。」

「是啊，就是我小姑。」郁湘坦率地說。

「可以帶我去找她嗎？」

「好啊。」女人爽快地領著依依穿過彎彎曲曲的巷子，來到一幢二層樓的房子，屋外貼滿了磁磚，淺黃色和墨綠色的磁磚拼出交錯的菱形圖案。女人朝屋內喊：「琦琦，你看我帶誰來了。」

屋內黝暗，雖然是白天，但是窗戶只在房子的前後，透進來的陽光有限，那個叫琦琦的女孩從屋內走入客廳，看不清背光的依依，依依拿下帽子和墨鏡，她適應了屋內的光線後，立刻發現琦琦真像自己。

琦琦滿臉驚詫，說：「你怎麼來了？」說完又覺得冒失，以閩南語連稱失禮，解釋：「我太意外了，我知道你們在這附近拍戲，你來找我莫不是為了網上的那張照片。」

「先別管照片了，我們長得如此相像，你不覺得奇怪嗎？」

琦琦的爸爸聽見有人來，從樓上下來，見到依依，他猶豫了，要不要繼續瞞著大家？這個他已經隱藏了二十年的祕密，還是只以一句人多有相似輕描淡寫帶過。

「爸，小姑生下來是不是雙胞胎啊？只有孿生姊妹才會這麼相像吧，即使沒能一起長大。」郁湘心無城府地說。

這段日子宋長慶一直在掙扎，不想他還下不了決心，卓依依已經找來了。

「也許是醫院弄錯了，又或者護士想反正一下生了兩個，偷一個去賣可能也沒人知道。卓小姐，你在國外長大，可能不知道二十年前我們這種鄉下地方醫院不大進步，我聽說婆婆當年生產時痛暈了過去。」郁湘先是推測，接著熱心做出結論，她很願意有個明星小姑：「還好，卓小姐在網上看見琦琦照片，自己找回家了。」

「琦琦出生時，我帶著琦琦她哥在外地，沒有聽說生的是雙胞胎。」宋長慶終於沒能說出實話，他捨不得這個女兒。

「如果你不介意，我想拿你的頭髮和我去做基因比對，我從小被人收養，坦白說沒想過能找到自己家人，但既然遇到了，也許是天意。」

宋琦轉頭望著父親，宋長慶沒理由反對，若是反對恐怕反而惹人疑竇，遂說：「驗驗也好，說不定你真有姊妹，我們都不知道。」

「爸，那不只是琦琦的姊妹，也是你的女兒啊。」郁湘滿心歡喜。

宋琦從梳子上取下幾根髮絲裝進袋子裡遞給卓依依。

「知道結果我就告訴你們。」依依說。

依依走了，琦琦心裡起伏不已，難道這個家喻戶曉的女明星真是自己姊妹？宋長慶倒幾乎篤定依依和琦琦就是姊妹，只是等到結果出來了，他要不要告訴琦琦實話？還是……還是裝傻？反正孩子不是從他肚子裡出來的，妻子也離世多年，他不清楚也是可能的，索性繼續瞞下去，多一個女兒總好過失去一個女兒。

電影殺青了，依依將自己的頭髮和宋琦的頭髮寄給經紀人，請她拿去化驗，結果顯示她們是同卵雙胞胎。電影公司知道後，故意在微博上放出消息，聯繫起之前那張和陳剛並肩看海照片，立刻引來一片轉發，依依的鋒頭完全蓋過采蝶，連帶宋琦也受到關注，有電視劇組量身打造了劇本想邀請依依和宋琦一起演出。宋琦為難地拒絕了，她不想離開這濱海的小漁村，她願意安靜地曬魷魚。

「你和陳剛是怎麼回事？」依依問宋琦。

「就只是看海，他問我怎麼海上有燈光，我告訴他那是漁船為了吸引魷魚。」

漁船用光引誘魷魚，電影公司用失散的雙胞胎姊妹重逢吸引觀眾，這比緋聞更具爆發力，本身情節已經充滿戲劇張力。

一年後，電影《雙生》開拍了，以依依的故事為引，然後加枝加葉，添油添醋，最大的賣點就是依依和琦琦的意外重逢。琦琦為了依依的演藝生涯，勉強參與演出，但是只有兩個人的對手戲部分是琦琦親身出演，其餘的部分則由依依一人分飾兩角。電影上映後，評語票房都不錯，依依還因為這部電影得到了最佳女演員獎。

上臺領獎時，她感謝命運的安排讓她遇到自己的孿生姊妹，她們在來到這個世界前已相擁度過九個月，往後她們還將相伴一世。臺下響起一片掌聲，而她心裡真正想到的其實是紐西蘭她捱過許多日與夜的地下室，還有養母那兩個歧視她的白種外甥女，如果她們知道她所獲得的榮耀，依依的快樂會不會更多一些？有人說回報苛待你欺負你的人最好的方式，就是獲得對方想要擁有卻沒法擁有的東西，如今她做到了，對方卻一無所知的話，未免令人洩氣。

依依知道自己最早學會演的戲就是假裝不在乎，在那兩個討厭她的白種表姊妹面前假裝不在乎，不在乎她們擁有的新衣服、零食和玩具，不在乎對地下室的恐懼，不在乎沒人理會她的寂寞，冷眼旁觀看人臉色卻磨練了她的演技，這是童年無數次默默哭泣的她始料未及的。

頒獎典禮轉播時，偉明看見了依依，他怔怔望著電視螢幕，這女孩怎麼長得如此像梅英年輕的時候，而且還是雙生仔，難道？偉明既興奮又害怕，不敢往下想，又忍不住不往下想，興奮的是她們會是他的骨肉嗎？害怕的是阿母過世之後這些年為了尋找當年遺棄的女兒，辛苦都不說了，那種懷抱希望又經歷失望的苦，梅英已經承受不住了。

勤牧見父親如此，已經明白兩三分，這一對雙生女星確實長得和母親年輕時有幾分相像，但是不能單憑外貌相似，就貿然尋親，更何況依依是被領養到紐西蘭，依據媒體報導，琦琦卻是在父母身邊長大。勤牧開始想方設法接近劇組，終於，勤牧輾轉得知了一場雜誌社專訪將在某家餐廳進行，他偽裝影迷，收買了服務生，高價買得依依用過的杯子，當然不能洗，勤牧送去進行基因比對，依依並不是他的姊姊，那麼琦琦也不是囉，所以這只是父親因為太思念分離的女兒而產生的錯覺。

但，為什麼母親聽到父親的推測與猜想時，卻始終不發一言呢？

二十年前，梅英因為女兒被送走，恨死了婆婆；好不容易等到偉明回來，以為可以找回女兒，心願又再落空，滿腹委屈無處宣洩，逐漸她對偉明也有了恨意。那時才二十出頭的梅英頗具姿色，憤恨讓她失去了理智，一個初夏的午後，她趁著回娘家小住幾日的機會，便和一個男人上了床。

這些年她幾乎已經忘了那天，還沒到立夏，溫度卻已經飆到三十二度，梅英的連衣裙在電風扇的吹拂下吻貼在她的胸她的腰，輕薄柔軟的質料映襯著成熟的胴體誘人如初綻的花朵。屋裡只有她和男人，男人試著伸手觸摸她的手，她沒有拒絕，男人於是壯起膽又摸了她的臉，然後是她的腰，男人絮絮說著對她的戀慕，從她十五歲起，十年的戀慕在重逢的此時爆發，一個有著遠行前的亢奮衝動，一個為著積壓的委屈憤恨，當男人輕吻她的唇時，她便以豁出一切的心情去回應。

如今在回憶裡還可以嗅聞到那日院子裡玉蘭花的香氣，陽光從碩大碧綠的葉片間篩落，藕紫色的窗簾偶爾因風揚起，當時的他們完全沒想萬一被人撞見了怎麼辦？彷彿一場男歡女愛在這樣一個午後是再尋常不過的。

男人是同學的哥哥，即將前往美國深造，男人以前就喜歡梅英，但是梅英家裡早就為她訂下親事。梅英接受男人撩撥卻沒有拒絕，確實有著報復的心理，但是也僅只於此，偶然間撞到的一個發洩出口。一個月後月信未至，她意識到自己可能懷孕了，而且可能是別人的種，她起先也糾結過該不該悄悄拿掉，但畢竟是她的骨血，無論孩子的父親是誰？肚裡正長著的都是她的孩子，她已經被人奪走一雙女兒，不能再失去肚子裡這個。

就這樣，當孩子生下，梅英一眼便知那不是偉明的，護士抱來給她看，是個男嬰，梅英心裡於是出現了這樣的念頭，便讓玉桂一生錯疼別人家的孫，來報復遺棄她一雙寶貝女兒的罪。

果然見梅英生下一個男嬰，玉桂高興得不得了，偉明為他取名勤牧，而勤牧的親生父親到了美國後，再也沒有回來，為了怕影響雙方生活，也不曾和梅英有過隻字片語，聽說到美國的第三年在當地結了婚，成了美國人。極度壓抑下一觸即發的意亂情迷讓梅英完成了報復，卻有了一個終生不能說的祕密。玉桂死後，梅英看著偉明想方設法尋找女兒，她漸漸不再恨他了，反而有點同情，他只是不能違逆母親。

當依依在電視上出現，偉明再度興起尋找女兒的念頭，其實這念頭他從未斷過，只是當中時日全無線索，不知從何下手。梅英一看到依依，她知道那就是她失散的女兒，她不需要基因鑑定，孩子是她生的，她一看就知道。但是找回雙生女兒，家裡的兒子怎麼辦？她害怕這個祕密被發現，勤牧是無辜的，他一直以為偉明是他父親，偉明也理所當然當勤牧是親生兒子，依依和琦琦的親子鑑定過程中，會不會暴露出勤牧的身世？

梅英突然懷念起沒有基因鑑定的年代，做母親的只需指出女兒身上隱密部位有顆痣，便可以認親，也就沒有這麼多的顧慮了。

勤牧已經苦苦思索好幾日，究竟說還是不說？關於基因檢測的事。晚飯的時候，他拿著筷子停在半空中，原是要夾薑絲小卷，因為陷入思考便忘了夾菜，偉明問：「想什麼呢？」

勤牧心虛，回答：「沒有。」慌忙中夾了豆豉苦瓜。

勤牧一向不吃苦瓜，偉明更確定兒子有事，盯著他瞧，勤牧將苦瓜送進嘴裡，吞下，還沒發覺那是苦瓜。

「究竟什麼事？別瞞爸媽。」

「卓依依不是我姊。」勤牧說出了自己如何進行了基因檢定。

「不可能，一定是醫院弄錯了，拿我的去進行比對，快。」偉明激動地說。

梅英放下筷子，不發一語，起身離開。

「你媽還在怪我，難道我就捨得嗎？」偉明長嘆一口氣。

夕陽透過玻璃窗探進餐廳，和餐桌上一盞吊燈相映成趣，這原是家常的溫馨畫面，卻因為婆婆重男輕女幾近變態的心理，而成為一生無法挽回的悲劇。

當然，偉明不知道此時梅英的心情，不只是恨。

偉明要想再進行基因鑑定，還需要取得依依的樣本，偉明決定直接去找她，告訴她這件事，他先是打電話，經紀公司自然以為他是看卓依依紅了，想來沾親帶故分一杯羹，所以沒有理會。不得其門而入的偉明，又開始寫信，希望有人願意耐心看完，又或者依依能看到最好，他在信中還附了梅英年輕時的照片，眉眼之間真的很像。

偉明做這些沒告訴梅英，也沒讓勤牧知道，他們的生活如常過著，轉眼間，三年過去了，偉明還沒聯繫上依依，他不知道琦琦已經在上個月結婚，依依仍在拍片。得獎之後，她更忙了，和宋家也並無來往，畢竟不是從小一處長大，琦琦結婚，依依包了一份大禮，藉口在國外有工作，連婚禮都沒去參加。宋長慶自然不會說什麼，還要琦琦體諒她的雙生姊妹，因為他心知肚明連身邊這個女兒已經是自己多得的。

沒能參加宋琦的婚禮，依依其實是覺得遺憾的，畢竟是雙生姊妹比一般姊妹更親，同一個卵子分裂生長，當真是你中有我，我中有你。從小孤單的依依心裡很願意有姊妹分享生活，但是工作太忙，且讓依依不願意對自己承認的是她發現自己不懂得如何與人親近，從小缺乏愛缺乏家人的關心，她習慣的是防衛，而不是付出與接受，和宋琦在一起，依依特別能從宋琦身上的自在看到自己的不自在。

原來愛與被愛，關心與被關心都需要學習。

中國婚禮中雙方親戚、鄰居、朋友、同事共組的人際網，更讓依依不僅是不自在，幾乎是難以忍耐的緊繃焦慮，伴隨著因此出現的煩躁，所以正好經紀公司安排她去東京試鏡，她也就沒提出反對了。

這一次的試鏡對她的演藝發展很重要，因為廣告合約還沒確定，所以屬於保密計畫，一款日本知名品牌保養品為了擴大中國市場，決定下一支廣告選用中國女星，廣告將在全球播出，如果依依被選中，意味著她將被全世界看到。公司非常重視，試鏡前一個月，她的生活已經被嚴密監控，飲食運動還有種種保養和課程。試鏡終於結束，依依和助理走在沒人認識她的東京街頭，難得放鬆，不必時時戴著太陽眼鏡壓低鴨舌帽怕人認出，長時間節食使得她饞得不得了，決定破戒飽啖一頓日本料理。助理在網上蒐了一家推薦名店，兩人正依手機指示前往，忙著尋找地圖上的標示對比街頭實景之際，依依看見了采蝶，可能是怕被狗仔偷拍，即使在東京她依然喬裝過，但是一起拍戲好一段時日，依依一眼就認出了她，她也來試鏡嗎？這是依依腦中出現的第一個念頭，接著她發現采蝶不是獨自一人，她正快步想追上前方一個男人，她追了幾步伸手拉男人的手，男人頭也沒回一把甩開她，穿著高跟鞋的采蝶一個踉蹌坐在了地上，男人依然沒回頭。

「從這轉進巷子，說是名店，招牌這麼小。」助理找著了，高興地和依依說，看來她沒看見采蝶。

依依忙拉著助理進店，這一幕采蝶一定不希望任何人看到，為了分散助理的注意力，依依故意說：「既然是名店，當然不需要招牌來吸睛啦。」

看來是情侶吵架，那個男人如果真心喜歡采蝶，不管有什麼不快或誤會，也不該當街讓她難堪吧，更何況萬一她摔傷了呢？竟然狠心頭都不回。依依為采蝶不值，雖然采蝶對她並不友善，但是同為女人，她不願意看到她為了任何理由作賤自己，如果一樁情感的基礎中雙方各有所圖，很難長久幸福吧。

吃著生魚片的依依被芥末辣出了眼淚，她聯想起自己的被遺棄，是否也是出自於一段各有所圖的感情呢？她雖然確定了宋琦是自己的雙生姊妹，但是對於宋長慶夫妻是否是她們的父母卻仍有存疑，從照片來看，他們無一處相像，且當依依和宋琦的基因檢定她們是孿生姊妹時，宋長慶並沒有尋獲多年失聯的女兒的歡喜，他的歡喜中藏著一些複雜的糾結。也許因為那歡喜是來自於宋琦的身世沒被揭露，而不是依依的失而復得，所以依依的出現不是多得一個女兒的幸福，恰恰可能是失去原有的女兒的危機。

以演戲為職業的依依，發現自己對別人在她面前演戲也特別敏感時，並不覺得驕傲，反而有點心酸，她從中看見了自己的愛匱乏。但依依不想再往下探究，她不願意破壞宋琦的幸福，如果她和自己一樣曾經遭到遺棄，至少她不知道，她一直以為身邊的家人就是自己真正的家人，他們愛她，依依有什麼權力拆穿宋琦擁有的幸福人生呢？

工作進行到一個段落，新工作尚未開始前的短暫空檔，依依難得睡到自然醒，宣傳期還沒開始，她睜開眼，賴在床上滑手機，心裡一邊計畫著去健身房前先去吃碗鮮蝦雲吞當早餐，網路上陳剛吸毒被捕的消息卻在此時映入眼簾，嚇得依依完全沒了胃口。她和陳剛只合作過一次，後來微信偶有聯繫，交情談不上，但陳剛在關鍵時刻還是給過依依真心的建議，眼看著陳剛從昔時大家眼中的小鮮肉，演技逐漸受到肯定，大把前途值得期待，染毒會毀了這一切努力。依依拚命在網上蒐，獲得的訊息有限，她也不好向陳剛的經紀人打聽，若讓自己的經紀人知道了，一定是強力要求她保持距離，現在透過什麼樣的管道能多瞭解事情的真相呢?依依苦苦思索，用了所有的腦細胞，跑步機上跑步時總算讓她想起了一條路：小維。

小維一向愛八卦，他的演藝之路不如陳剛順利，原本製作人至少還圖觀眾有個新鮮感，願意給他演出機會，過了新人階段，無論是演技還是人氣累積，他都沒能突破，演出機會明顯愈來愈少。聽說小維開起了餐廳，開了有大半年，依依沒去捧過場，正好去他那兒。

依照網上的地址找到餐廳，小維剛好在店裡，看到依依立馬來了個大擁抱：「還是我們依依有良心，紅了還記得我。」

「說什麼呢，早就想來，前陣子不是在大連拍片嘛。」

餐廳賣的是泰國菜，小維招呼著先上了個椰汁：「知道你怕胖，我們這是全天然的。」

「你怎麼回事?」依依話只說了一半，小維明白是指他的身材，肚子都凸出來了。

「沒通告，誰還有精神天天上健身房，加上朋友來陪吃陪喝，半年就成這樣啦。」

依依喝著椰汁，為了不著痕跡，她沒主動提陳剛，一邊翻菜單，一邊問：「采蝶來過嗎？」

「人家哪有空來我這小店，她就要嫁入豪門啦。」

「她和林公子的新聞是真的啊？」

「是啊，不過聽說林公子的媽還沒點頭。」

依依的腦中飛快飄過東京街頭一幕。

「給我來個涼拌青木瓜絲、蝦醬空心菜、清蒸檸檬魚。」依依指著菜單說，她並不想繼續采蝶這個話題，說采蝶只是為了引小維說陳剛。

「不吃月亮蝦餅嗎？我們的招牌。」

依依搖頭：「別引誘我發胖。」

青木瓜絲還沒上，小維已經主動提起陳剛，他問依依看沒看到微博的熱搜，依依佯裝不知，說才從健身房來。

「陳剛吸毒被捕了。」

「沒弄錯吧，微博上的消息不一定可靠。」

「你說得沒錯，微博上轉的不一定可靠，小維轉的肯定可靠。」

「會判刑嗎？」

「應該是勒戒吧，他沒前科，但這是他求仁得仁。注意我的用詞，我沒說這是他自作孽不可活。」

「什麼意思？」

「他是故意的，用吸毒被捕報復了他身邊一票人。」小維湊近依依：「陳剛父親好賭，欠地下錢莊錢，他們要脅陳剛早就讓他不堪其擾，本就有退出演藝圈的念頭了，但是他放不下顧真真。」

「顧真真？那不是他的經紀人嗎？」

小維雙手一攤：「也是他的情人，沒想到顧真真移情別戀，愛上了一個導演，陳剛也絕，你知道他的毒品哪來的？就是那個導演背後的金主，販毒的罪可比吸毒大，所以這回他們都被他拖下水了，那個導演的新電影肯定沒戲了，而陳剛本來就沒毒癮，勒戒完了出國暫別演藝圈避風頭囉。」

依依突然想起當年和陳剛拍戲時說的那句臺詞：「你只是她的最愛，卻是我這一生的全部啊。」其實誰都不能將別人當作自己人生的全部，企圖將自己的一生全部寄託在另一個人身上，根本是不負責任。

依依嚼著青木瓜絲，嚼得久了，原本的脆爽也顯得酸澀。

勤牧的事業愈做愈大，超乎梅英的想像，在媒體上，勤牧的名字出現的機率並不比依依少。梅英不清楚勤牧究竟在做些什麼，她也不知道勤牧的公司正有一項計畫要和卓依依合作，偉明聽到勤牧在電話裡提到卓依依，他對兒子說：「你們開完會，我能見見她嗎？」

勤牧知道父親指的是誰，他說：「我讓祕書安排。」

他為難的是這事告不告訴母親呢？

兩天後，勤牧和依依正式簽約，這一對同母異父的姊弟將會有一個長期合作的計畫，只是這身世之謎，只有梅英知道。勤牧考慮再三，還是告訴母親安排了依依和父親見面，梅英聽聞後倒意外平靜，淡淡地說：「你爸太想念女兒，難怪說是前世情人呢。」她佯裝不知情，製造了餐廳的巧遇，當偉明和依依在勤牧公司樓下的餐廳吃飯時，她看見偉明正給依依看自己年輕時的照片，依依疑惑：「如果您的推測屬實，那琦琦的父親又是怎麼回事？」

「是他養大琦琦，我很感謝他，但他沒說實話，欺騙了琦琦。」偉明說。

「那是因為捨不得，他真心疼琦琦，所以怕失去她。」梅英站在偉明身後說。

偉明略顯驚訝，他沒想到梅英會出現。

「我到附近辦事，原想來找勤牧午餐，經過樓下卻看到你。」梅英輕描淡寫解釋。她逕自坐下：「依依，我這樣叫你，行吧，我知道你就是我女兒，我一個當媽的，我不需要基因檢驗，我也能知道，不管你信或不信。看到你今天的成就，我為你高興，當初我沒能阻止你奶奶送走你，我對不起你，悲劇已經造成，我不想再增添宋先生的煩惱，如果你和琦琦不恨我，我們可以……」梅英哽咽了。

「對，我們不一定要公開相認，法律方面的事完全尊重你和琦琦，只是希望能一家人一起聚聚，讓我能夠多關心你們。」這段時間，偉明反覆思量，勤牧和依依基因檢測不是姐弟，那麼，如果依依是他和梅英的女兒，就意謂勤牧不是他和梅英的兒子，依依和琦琦是產婆在家裡接生，但是勤牧是在醫院生的，會不會一開始就抱錯了？若是如此，他也認了，不管是報應也好，是上天的安排也好，他都不想影響父子情緣，既然他不願影響父子情，他當然也明白宋先生的心情。所以，他並沒打算和依依繼續糾結在基因檢測，他只希望能看看她和琦琦。

依依看著眼前的偉明和梅英，如果單就直覺而言，她也覺得他們比宋長慶更像自己的父母，絕對不是因為他們的家境比較好，她才有這想法，梅英和自己確實長得有幾分相像，而偉明微鬈的棕色髮在她和琦琦身上也有，宋長慶則和她們沒一處相似。

依依說：「讓我想想。」

「不著急，你一時間難以接受，也是可以理解的。」偉明說完，招呼服務生點菜，他殷殷詢問依依愛吃什麼，恨不得什麼都點，這二十幾年來沒能給女兒的愛太多太多。

菜上桌，他為依依夾了這個又夾那個，依依直說太多了，偉明說：「你太瘦了，別學人減肥。」

梅英看在眼裡，其實偉明是個好父親，這事不能怪他，只是有些人有些事一旦位置錯了，是沒法換回來的，依依缺失父母的童年無法改變，硬要換回，對宋長慶也不公平，何況還有勤牧……

「吃過貓耳朵嗎？」梅英問依依。

「貓耳朵？」依依表情吃驚，猛地搖頭。

梅英盛了一碗給依依：「是麵糰捏的，煮熟後可以搭配各種材料或煮或燴，中國的料理中有很多名字乍聽會產生誤會的，貓耳朵並不是貓咪的耳朵，你在國外長大所以不知道。」

「但我知道事實重於名分。」依依說時，望著梅英遞給她的貓耳朵。

偉明和梅英互望一眼，懂得了依依的意思，心裡已經願意承認他們，只是為了宋長慶和琦琦，也許這樣將錯就錯也未必不好。

這時，勤牧下來了，正好看見梅英、偉明的殷勤相待，知情又不全然知情的他說：「唉，我要失寵囉。」

「愛永遠不嫌多，不會因為依依就少了你的。」梅英說。

「下回我們約上琦琦。」依依吃著貓耳朵，說話時頭也沒抬，但她清楚知道偉明和梅英臉上欣慰的表情，有笑有淚，是二十幾年思念的發酵和沉澱。

她是一個演員，但人生比戲更精彩。

偉明終於能夠說出這句他一直想和女兒說的話：「爸媽等你們一起吃飯。」

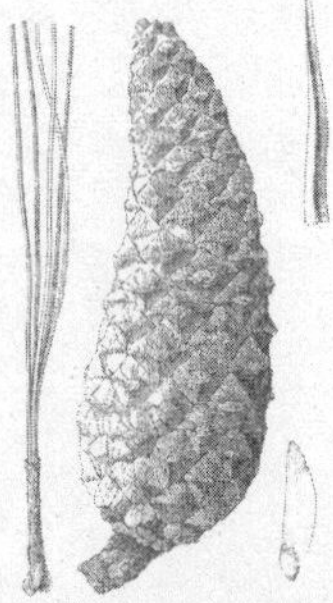

# 我在你身邊

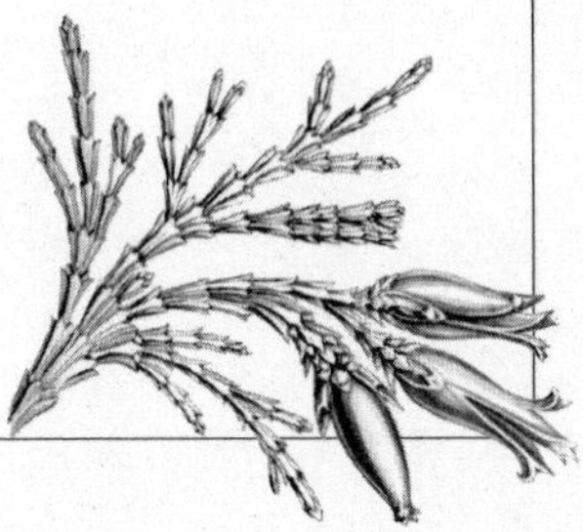

康苒坐在雙層巴士上，她剛到這座城市，今天中午沒事，於是坐著巴士轉轉，馬路兩旁法國梧桐翠綠茂密，這個國家差不多緯度的城市，由東而西，總能看見許多法國梧桐，巴掌大的葉片，春夏滿樹綠意盎然，冬季的枯枝另有一番味道，倒不覺蕭索，不過是更迭歲月裡的一點安靜，並不寂寞。

有時巴士遇到較低的樹椏，像是拉扯著什麼，硬生生從車頂蹭過，但其實拉不住的，匆匆錯身便撂下了，不肯撂的，也只能落得枝葉分離。康苒來到這座城市是為了參加一場婚禮，她的閨蜜嫁人了，婚禮分別在三個地方舉行，新郎的老家，新娘的老家，還有一對新人的工作地，如今康苒就置身新郎的老家，一座她從沒來過的城市。

巴士等紅燈的時候，康苒看見路邊有家樂器行，小小的舖面，一面牆上掛著全是吉他，各式各樣的。一個長髮女孩穿著白色背心，牛仔短褲，白色帆布鞋，手臂雙腿全敞露在外，均勻的淺蜜色，天天被陽光親吻過的。她從牆上拿下一把吉他，隨手撥弄，那姿勢一看就是不會彈吉他，不過是好奇戲耍。店裡還有一個短髮女孩，穿著淺紫色長裙，和櫃檯裡的男孩不知說了什麼，男孩表情顯得有些驚訝，女孩斜倚著櫃檯，拿起櫃檯上一隻馬克杯喝了一口，是男孩的杯子嗎？康苒猜測著三個人的關係。

兩個女孩看起來長髮的活潑嬌俏，短髮的溫柔嫵媚，所謂閨蜜常常是性格互補，於是在異性面前正好可以襯托出對方的特點。在康苒年輕的時候，兩種角色都扮演過，端看對方的需要。康苒推測，短髮女孩和樂器行的男孩處於初交往階段，彼此還在試探著對方的心意，長髮女孩今天是善盡閨蜜的責任，陪短髮來的，因為無事，無聊地對著大馬路亂撥弄琴弦。

她們真年輕，康苒想，自己也曾經這麼年輕，感覺上還不是很久以前。剛考上大學時，康苒也曾附庸風雅學過古箏，倒不是她對民族音樂情有獨鍾，實在是因為彈箏的模樣想著就覺得有氣質。她學古箏的地方是一家樂器行，康苒故意挑了晚上的課，讓在附近補習班打工的唯倫有機會送她回家，唯倫倒也沒有辜負她的期望，常常一走出樂器行，便看到唯倫的摩托車停在門口，唯倫好整以暇地坐在摩托車上玩弄著手裡的鴨舌帽。那是個手機還沒有出現的年代，不然他要是低頭玩手機，不管是玩遊戲、自拍、發朋友圈，氣氛都不對了，就是這樣無所事事百無聊賴不在乎時間在等待中緩慢流淌，才顯得瀟灑，也才能讓康苒在出門看到的第一眼，有些感動。

康苒的家人不知道唯倫，他們以為康苒坐公車回家，等車加上一路走走停停，要四五十分鐘才能到家，唯倫送她十五分鐘便到了，於是他們有了半小時的空檔。有時唯倫載康苒到噴泉廣場兜一圈，燈光映襯下亮燦燦的水珠飛起又落下，夜色中絢麗的簾幕成為康苒是夜夢境的背景。有時唯倫沒吃晚飯，他們就在夜市一起吃碗麵，最便宜的牛肉湯麵，然後加兩大勺不要錢的酸菜，奇怪的是，這樣睡前吃宵夜，康苒非但沒胖，一個暑假下來反倒瘦了。後來她想，沒有說破的不確定戀情恐怕是要消耗許多熱量的。

康苒和唯倫是高中同學，她一直知道唯倫待她和別人不同，她原想上了大學再逐漸確定兩人的關係，沒想到唯倫沒有考上大學。那時兵役制度還沒廢除，高中已經留級一年的唯倫只能邊打工邊等兵役通知單，重考大學是服完兵役後的事了，等到那時康苒已經大三，兩人之間可能出現的距離眼前真不好估算，所以康苒不想讓家人在此時知道，以免徒生困擾。舫雲卻是知道的，她有時拿唯倫和康苒玩笑，說唯倫長得像狄龍，狄龍是她們讀小學時當紅的武俠明星，古龍的小說改編電影，幾乎都是狄龍出飾男主角。但是上了中學，大家都看外國電影，同學們喜歡約翰屈伏特或勞伯瑞福，沒人知道康苒小時候喜歡過狄龍，只有舫雲，她和康苒一起長大，一路走來，無話不談。

舫雲當時有一個已經讀大學的男朋友，原本是她的家教老師，學校才剛開學，他就因為急性盲腸炎住院開刀，舫雲一定要拉著康苒一起去醫院探病，說他們的交往還沒有對男友的家人公開，她一個人去醫院探病太惹眼，康苒耐不住舫雲央求，便答應了週六和她一起去。不想，週五晚上接到唯倫的限時信，他接到兵單了，週六報到，那封信裡唯倫第一次向康苒告白，他說：「我沒有權利也沒有資格要求你等我，但是，如果你願意給我一個在你身邊守候你的機會，明天上午十點臺中火車站中字正下方，我等你。」那是沒有LINE的年代，限時信為許多人傳情達意，如果有LINE，康苒和唯倫的故事恐怕就完全不一樣了，他們不會錯過，也不會有那麼多等待。

但是，康苒心裡其實覺得LINE使得愛情不再浪漫，愛情裡需要等待，有時甚至需要錯過，沒有等待的愛情就像是沒有薔薇的夏天。

康苒在宿舍樓下的公用電話打給舫雲，說，她想先搭早上七點的國光巴士到臺中送唯倫上火車，再趕回臺北，下午三點陪她去醫院探望開完刀的男友。舫雲堅持不允，軟硬兼施要康苒維持原議，上午十點和她去醫院，她說男友下午就要出院了，畢竟開闌尾炎住院住不了幾天，他又年輕恢復得好。那唯倫怎麼辦？康苒沒有他家的電話，沒法聯繫他，舫雲說，你然後寫信給他，和他解釋也是一樣的。

康苒回想起這段往事，不經斟酌起當年電話裡和舫雲的對話，如果如今天更多人習慣的以文字訊息來進行，是不是會有所不同，她將聽不出舫雲既撒嬌又霸道的口吻，既溫柔央求又死纏爛打的語氣，也許康苒就能拒絕她了。

康苒沒有堅持去臺中，其實還有一層原因，本來她也是好不容易憑著收到信後的一股衝動，才勇敢決定去送唯倫，被舫雲一頓胡攪蠻纏，她也失了主意。

在車站沒有等到康苒的唯倫，入伍後一直沒有寫信給她，康苒寫了兩封信寄到唯倫畢業紀念冊上的地址，信中委婉解釋，並且表明自己很掛念他現在過得好不好，也不知道他收不收得到。一個學期過去了，康苒都沒有收到唯倫的回信，等到新學期開始，唯倫終於有信來，他說，一開始以為自己遭到康苒的拒絕，不願意死皮賴臉地煩她，後來回家看到她的信，偏偏又正好遇到部隊移防，不方便寫信，所以直到現在才回信。

康苒怔怔地看著信，不知道應該怎樣反應，一個星期前，她才剛剛接受了土木系一個學長的追求。

多年之後，康苒在電視上看到《還珠格格三》，原本由張鐵林飾演的皇阿瑪，換成了狄龍，怎麼看都有些彆扭。康苒忽然想起唯倫，不知道他現在什麼模樣？康苒忽然意識到當年舫雲看似自私任性的堅持，其實是打從一開始她就因為唯倫沒有考上大學，所以反對康苒和唯倫交往吧。

重新有了唯倫的消息，康苒實在說不出口，像是「我已經有男朋友了」這類的話，還好唯倫在外島，反正沒法來看她，兩個人不過寫寫信，康苒不知道自己這樣算不算腳踏兩條船，她連舫雲都沒說。她告訴自己，唯倫是她的高中同學，她只是不願意當他孤單在外島守著碉堡服兵役時受到刺激，她寫給他的信是一種朋友的陪伴。

當她寫信給唯倫時，她彷彿可以看到唯倫一個人在海邊散步，木麻黃在風中刷刷擦拭著天空，那些尾巴如絮的雲朵是畫面的背景，像是一部黑白電影。但康苒心裡明白，實情並不只是這樣，但是她故意忽略不去想。她告訴自己，唯倫的兵役還有一年半，有什麼必須決定的，將來再說吧。

但，這所謂的將來比康苒預想的更快到來。

大二的寒假，康苒在臺中老家，同一天裡接到唯倫和土木系學長的電話，唯倫有三天休假，約她第二天一早見面，他們已經一年半沒有見過面，前邊的半年兩人的誤會還沒消除；後邊的一年，移防到馬祖的唯倫一直沒機會回到臺灣看康苒。土木系學長則說，學期中兩個人天天都能見面，現在寒假分隔兩地，很想她，明天要從臺南過來看她。

康苒心下一盤算，唯倫放假難，從臺南到臺中卻很容易，於是她騙學長明天說好了和媽媽去看外婆，如果因為他變卦，怕媽媽留下不好的印象。

不明就裡的學長一廂情願地說：「我可以和你們一起去，我還沒去過你家。」康苒急忙拒絕，說家裡希望她滿了二十歲再交男朋友。

學長只好回答：「好吧，明年你就二十歲了，到時再去你家，那我後天去臺中，可以了吧。」

康苒說：「大後天吧，氣象預報後天天氣不好。」

唯倫的休假是三天，後天可能還在臺中，但大後天應該要去基隆港乘船回馬祖，康苒以為這樣的安排應該妥當。

第二天一早，康苒準時來到唯倫說的冰淇淋店，她以為自己只是不想任何人受到傷害，唯倫不過回來三天，沒有必要在這時候和他說太多，再有半年他就退役了，更何況他現在還在準備重考大學，應該儘量避免分心。康苒給了自己理由不去拆穿謊言，但是，當她和唯倫坐在冰淇淋店裡吃聖代時，舫雲居然出現了。

舫雲後來和家教男友分手，聽說主要的阻力來自男友的媽媽，其實舫雲的爸爸也反對，但她並不在乎爸爸的意見，為了愛情她可以私奔，可是家教男友很孝順，媽媽的話自然得聽。分手後，舫雲交往了一個同班同學，這會兒同班同學從嘉義來看她，剛剛下火車，他們也約在車站附近的冰淇淋店碰面。

康苒希望舫雲打完招呼就走，舫雲卻拉著男友坐了下來，康苒無措地用勺子挖起草莓聖代裡粉紅色的冰淇淋，舫雲說：「裝清純啊，吃草莓聖代，你不是愛吃香蕉船嗎？」對於舫雲語氣中暗藏的揭發挑釁，康苒有些訝異，尤其是儘管康苒選擇草莓聖代是因為粉紅色顯得嬌俏可愛，但她並不愛吃香蕉船，要另外選擇也是巧克力蘇打，但深棕色的巧克力確實比較不美麗。

康苒沒有搭腔，舫雲繼續說：「學長男友沒來看你啊，唯倫，康苒有沒有告訴你，她有男朋友了，是土木系高材生喔。」

康苒臉色變了，但她自己不知道，她只看到唯倫的臉色變了，她很快地吃完冰淇淋，吃得太急，胃都痛了，肚子冰冰涼涼也顧不得，她轉頭和舫雲說：「你們慢用，我們要趕早場電影，先走了。」

多年後，康苒經過臺中火車站，看到車站附近日據時期的宮原眼科改裝成了日出餐廳，一樓的冰淇淋店生意紅火得很，買冰淇淋的人排著長長的隊伍，原本衰老陳舊破敗的紅磚房，如今看來古典優雅，買到冰淇淋的人在廊下就吃起來了。香脆餅乾杯裡裝著各色口味冰淇淋，除了傳統的巧克力和草莓，還有薰衣草錫蘭紅茶玫瑰薄荷柚子白巧克力可以挑選，搭配的除了過去聖代裡常見的新鮮水果、堅果仁、果乾，還有乳酪蛋糕和鳳梨酥。一切都不一樣了，冰淇淋的配料不同了，老建築不同了，街道風景不同了，當初她和唯倫約會的冰淇淋店已經改裝賣起化妝品，但是她依然記得那一天，舫雲讓她錯愕的態度，還有離開冰淇淋店以後，唯倫良久地沉默。

他們並沒有打算看電影，唯倫說，電影是一個人無事可做時看的，好不容易和康苒在一起，他可捨不得兩個人坐在黑漆漆的房裡，盯著前方的大銀幕。但這一會兒康苒心裡猜想，唯倫會不會寧願選擇看電影，兩個人坐在黑漆漆的房裡，眼前有五顏六色的變化可看，耳邊有音樂對話和各種人工聲效，假裝聽和看也好，至少沒這麼尷尬。

他們一直走，走到中山公園，以前唯倫送她回家總要經過的，那一天陽光很好，雖然是冬季，臺中的白日卻有二十四五度，微風輕拂，遊人湖上泛舟，公園裡木槿花開得燦爛，唯倫停住了腳步，低著頭說：「他對你好嗎？」

康苒不知道怎麼回答。

唯倫抬起頭，注視著康苒的眼睛，說：「我希望他對你好，但是如果他對你不好，你來找我。答應我，好嗎？我是捨不得讓你受委屈的。」

唯倫對康苒有著許多捨不得，捨不得她獨自回家，捨不得她委屈，捨不得和她在一起的時候看電影……後來，回想起初戀，康苒總覺得是和唯倫的這一段。至於土木系，半年後他們還是分手了，當然和唯倫無關。

土木系大四下開始補托福和GRE，說服完兵役就要到美國留學，那時，正好康苒也畢業了，兩個人可以一起去。什麼叫「正好」？怎麼以前沒聽他說過要去美國？康苒雖然不是個對未來有計畫的人，但她不想去美國，自己還是確定的。於是他們有了爭執，美國只是整個故事裡的導火線，重要的是交往了一年半，到此時他們才發現彼此想要的未來並不一樣。許多校園裡開始的愛情後來落得這樣的結局，面臨畢業時，才看見了雙方的差異。土木系學長也傷心，但是沒有捨不得，繼續以優異的托福和 GRE 成績申請學校。

而唯倫此時也有女朋友了。

康苒大學的後兩年，沒有再談過戀愛，有過幾次火花，但最後都無疾而終。畢業後，康苒先是陷入一段不倫之戀，費了好一番力氣才斬斷情絲，認真說起來，其實是借助了外力，和有婦之夫談戀愛，有說不出的辛苦，一顆心老是酸澀的，但不知道為什麼又狠不下心抽身。直到儒弘出現，也許當時康苒的心情就像落水者抓到了一塊浮木，她很快接受了儒弘的追求，並且有了力氣勇敢離開不打算離婚的男朋友。

和儒弘談了半年戀愛，二十八歲的儒弘向康苒求婚，臺灣傳統習俗男子結婚要避開二十九歲，所以二十八歲不結，就要等三十歲。康苒答應了，基於怎樣的心情，她也說不清。儒弘的家境不算富裕，但是他長得倒是帥氣挺拔，康苒的女同事紛紛表示羨慕，已婚前男友聽說她即將訂婚，還送了她一條金項鍊，墜子是蝶戀花，明著說是為她添嫁妝，暗裡卻是表達蝴蝶依戀花朵，就如他依戀著她，此生不能相守，只好當是前世記憶。不是有這麼一個傳說嗎？蝴蝶前世的情人變成了一朵花，蝴蝶四處飛舞尋歡，花朵再美再鮮豔，卻只能停留在枝葉上，等待翩翩起舞的蝴蝶前來一親芳澤。

康苒答應儒弘的求婚之後，生活立刻忙碌起來，要趕在年前結婚，他們先在中秋節舉行了訂婚，選喜餅、挑婚紗、找結婚照拍攝公司、婚宴舉行場地、喜酒菜單，康苒無一不親力親為，她忙得沒空留心儒弘的狀態，直到別的女人找上門來。儒弘喜歡拈花惹草，招惹不夠，還處處留情，來找康苒的女人說，儒弘的女朋友不只她一個，她們和康苒的區別是，儒弘沒打算和她們結婚。

康苒不知道該作何反應，女人誤以為她不相信，她說：「我沒騙你，等你親眼看見就由不得你不信。」

難道她希望自己和她一起去抓姦？這個念頭一起，康苒自己也嚇一跳，她從沒想過這樣的情節會和自己扯上關係，女人見她不言語，以為康苒還在猶豫，不由分說拉起她的手：「我的車就停在外面，我帶你去，你難道願意嫁給一個你根本不瞭解的人。」

康苒半推半就被拉上車，女人開車來到郊區一座汽車旅館，她說：「再等一會兒，他們就會出來。」

果然，才等了二十幾分鐘，就看到儒弘的車開了出來，而昨天儒弘分明告訴康苒今天要到高雄出差。女人開車尾隨其後，康苒清楚看到副駕駛座有一個長髮女人，儒弘用左手握著方向盤，空出的右手握著女人的手拉近自己唇邊輕吻了一下，就這麼一個小動作，康苒彷佛已經親眼看到他們方才的激情繾綣。血液一下衝上腦子，她完全忘了如果前面車上坐的是搶她老公的情敵，那麼，現在坐在她身邊的同樣也是啊，此刻她們卻如盟友一般在後面追逐，多麼荒唐的情節，康苒卻沒有意識到。她拿出手機撥給儒弘，從後方的車裡，她看見儒弘為了接電話不得不暫時放開輕吻著的手。康苒問：「你在哪？」

「高雄啊，昨天不是和你說了要出差。」

「什麼時候回來？」

「吃過晚飯，我現在正忙……」儒弘話還沒說完，康苒身邊的女人已經超了儒弘的車，將車頭向外側車道一歪，攔下了儒弘的車，儒弘先還沒看清開車的人，開門下車時不滿地說：「你怎麼開車的？」

話才出口，儒弘已經看清了，他滿腦子搜索一個可以自圓其說的說法，只要沒被抓姦在床，就什麼都不承認。因為一時找不到恰當的說法，於是儒弘匆忙丟下一句：「我現在真有事，有話晚點再說。」再和誰說？他這句話似乎並不針對特定某個人，三個女人都適用，儒弘坐回車上搶黃燈穿過路口，等康苒她們反應過來已經追不上。

康苒氣得全身發抖，撥儒弘的手機，他自然是不會接，康苒一遍一遍撥，她過去不知道自己有這樣的一面，歇斯底里的，恨不得撒潑耍賴撕破臉，完全不去想風度氣質那些無用的玩意，只是儒弘躲開了，康苒滿腔情緒沒有發洩的出口。

「我想我們兩人都需要好好想想。」女人把康苒送回公司，扔下了這麼一句話。

康苒明知道儒弘不會接電話，她卻不肯放棄地繼續打，直到隔天儒弘才出現，聲稱車上的女人是客戶，帶著康苒找來的女人是瘋子，因為求愛不成，故意栽贓，挑起他們的誤會，而康苒之所以這麼容易中計完全是因為婚前焦慮，這是很正常的。

康苒一夜沒睡，對於儒弘這些狡辯，已經沒力氣也沒心思和他爭論，她只問：

「你為什麼騙我在高雄？」

「我那時候的確正趕著去高雄，所以沒空和你解釋，我本來車都開到新竹了，公司又打電話要我回去接人，那個女的是韓國人，一句中文不會說。」

「那你為什麼不接電話。」

「你們突然攔住我的車，我一踩煞車，電話掉了，摔壞了。」

面對儒弘的信口雌黃，康苒反倒比較平靜了，她嘲笑起自己，昨天煞有介事地追逐，當時真以為自己去抓姦？他們還沒結婚，她有什麼資格去抓姦，那一場熱血澎湃，全是給人煽動的，腦子太熱。她這會明白了，為什麼儒弘車裡輕吻長髮女人的畫面強烈觸動了她，那氛圍她太熟悉，就在不久前，自己扮演的就是同樣角色，前後才幾個月，竟然角色就調換了。其實也還不能這麼說，但心情確實是接近的，只是身分還沒有法律的支撐，這實在讓康苒有些啼笑皆非，原來自己的愛情和婚姻都如此傖俗。

她倒是明白了當初自己以為深深愛著的男人為什麼不肯離婚，這樣見不得光的戀情到處都是，因為見不得光，方才以為自己擁有的和別人的都不一樣。

康苒決定解除婚約，她同時意外地發現，儒弘和那些女人都上過床，唯一沒有發生肌膚之親的反而是即將和他踏上紅地毯的未婚妻，康苒不禁質疑儒弘的心態，是不是自己既要在外面獵豔，私下裡又擺脫不了沙豬的貞操情結，暗自在意妻子的貞操道德？更讓康苒意外的是，當她心中浮現解除婚約的念頭時，最先伴隨的情緒不是被背叛的傷心，而是怎麼和家人朋友同事等諸多或相干或不相干的人解釋。婚紗拍照的訂金勢必損失了，婚宴還可能可以在網上找到急匆匆趕著結婚，沒來得及預定場地的新人承接，當這些瑣碎爭先擠入紛雜的腦子裡，康苒反倒清醒了。她根本不愛儒弘，她只是需要助力拉扯她一把，好讓自己離開不打算離婚的男朋友，對前一個不負責任的男人的失望，使她賭氣選擇了另一個不負責任的男人。而也就是因為她不愛儒弘，不像其他的女人迷戀儒弘英俊挺拔的外貌，反而讓儒弘有了一種錯覺，以為這才是賢淑端莊，妻子畢竟和情人不同，相較於床上的纏綿火辣，他更在意人前的大方得體。

康苒告訴舫雲，儒弘外面有女朋友，這婚她不結了。舫雲既沒有勸她先別衝動，再考慮一下，也沒有幫她指責儒弘。她只是淡淡地說：「解除婚約，總好過離婚，還好你不是婚後才發現。」

婚約沒了，不倫之戀也結束了，為了徹底告別，也或許是為了讓自己更容易面對，康苒換了一份工作。重獲自由的她並沒有特別覺得單身的可貴，反而因為訂過一次婚，親戚朋友都吃過她的喜餅，婚事卻又告吹，引來母親迭聲抱怨，認為康苒大大折損了她的面子。再加上幾經蹉跎，康苒畢竟二十七歲了，她比以前更希望遇到適合的對象，可以心甘情願嫁給他的對象，這一次，不是為了擺脫舊情人，只是為了自己的幸福。

遇到沈盟的那一天，舫雲也在，那是一個跨年派對，沈盟安靜地坐在一邊，派對的主人看見康苒來了，便介紹他們兩人認識，說：「我覺得你們應該談得來。」果然沒錯，他們聊電影聊文學聊旅行，兩個人之間共同感興趣的話題出奇得多，康苒最怕男人聊政治聊體育聊股票，還有一點令人不解的是，男人服兵役時幾乎無一例外的全都痛恨當兵，但是退伍之後，一聊起當兵的往事，卻又都閉不上嘴。

康苒離開派對前，沈盟和她要了電話，舫雲全看在眼裡，以舫雲對康苒的瞭解，絕對看得出康苒對沈盟有好感，而且這好感不只一點點。

兩天之後，沈盟第一次約康苒，上一次聊天時，康苒曾經說，到越南旅行時愛上了酸酸甜甜辣辣的越南菜，清爽不油膩卻又有滋有味，電話裡沈盟說喜來登飯店自助餐廳正舉辦越南美食節，康苒願不願意週末和他一起去吃？康苒答應了。週末，她去髮型屋吹了頭髮，特意穿上新買的連身裙，猶豫了許久要不要修指甲塗蔻丹，後來為了避免顯得太刻意，她只塗了一層淺粉色半透明指甲油。週末晚餐約會非常愉快，沈盟送康苒回家時，立刻提出了第二次邀約，明天週日下午一起看電影，康苒欣然應允。

翌日午後四點，兩個人看完電影，在忠孝東路散步，路邊有人擺著一圈圍欄，裡面十幾隻小狗，黃的黑的黑白花的，一隻咬另一隻耳朵，一隻追著自己的尾巴，有的打呵欠，有的立起身子，前腳巴著圍欄，稚嫩的吠聲企圖引人注意，好不活潑熱鬧。

康苒停下腳步，伸手撫摩一隻黃色毛茸茸的小狗，由衷地說：「真可愛。」說時不自覺地流露出童音。

沈盟微笑，愛憐地說：「是啊，我都沒法分清是小狗比較可愛，還是你比較可愛？」

康苒故意說：「這麼簡單的問題，我還是能分辨的，自然是我比小狗可愛些。」

沈盟問：「想養一隻嗎？」圍欄裡的小狗是流浪動物協會供人認養的。

康苒的手依然沒有離開小狗，這回換了一隻黑白花的小狗正用前腳撥著康苒的右手，康苒說：「想啊，但我住的套房是租的，租約裡註明了不能養寵物。」

「將來有自己的家，自己的房子，就可以養了。」沈盟說。

康苒收回了手，咀嚼沈盟的話裡是否還有別的涵義，他在暗示什麼？希望兩個人的關係能有進一步發展嗎？

忠孝東路的相偕逛街後，接下來一個星期沈盟都沒有給康苒打電話，康苒覺得上次約會的氣氛很好，這一段還沒有正式萌芽的戀情不應該在此時莫名其妙地戛然而止啊。康苒做了許多設想，為沈盟找了各種理由，但，即使工作再忙，整整一個星期，連打通電話的時間都沒有，似乎也說不過去。又過了一個星期，沈盟還是沒有消息，前一個星期康苒不曾主動打電話給沈盟還是出於女性的矜持，等到過了兩個星期沈盟依然沒有一通電話，康苒已經懷疑那個週末的愉快約會只是她自己的錯覺，沈盟根本只是敷衍她。

勉強按耐滿心的胡思亂想，又等了兩天，康苒忍不住了，她打電話給介紹她和沈盟認識的那位朋友，故意聊了些其實並不重要的事，一邊尋思怎麼不著痕跡地把話題引向沈盟，不想，對方倒不等康苒問，自己先就說起了沈盟。

「我那天是特意介紹你們認識的，我覺得你們挺相配的，怎麼你不喜歡他？沈盟不錯的。」

康苒一下不知道該怎麼回答，總不好搶著說自己喜歡，只能說：「沈盟告訴你我不喜歡他？」

「是啊。」

「他都沒有問過我，答案怎麼來的？」

「你的好姐妹舫雲說的。」

「她真的這麼說？她也沒有問過我啊。」

「有些事不必直接問，有一天我有東西拿給沈盟，就約在他們公司樓下喝咖啡，正好遇到舫雲，聊起了你，我知道沈盟對你印象很好，也想幫他從你姐妹淘那裡多探得一點訊息。舫雲說，你如果基於禮貌不好意思拒絕和心裡其實不喜歡的對象約會時，就會選擇吃自助餐，因為可以不斷起來拿菜，不必和對方多說話，不然就看電影，專心盯著銀幕，連交談都省了。當時我看沈盟臉色不對，舫雲走了以後，我問沈盟，他說前一個週末你們剛去吃了自助餐，還看了電影。沈盟是個驕傲的人，他覺得你不欣賞他不要緊，但你這樣和舫雲說，再由她來傳話，太傷人自尊。」

康苒怔住了，她是和舫雲說過沈盟約了她，也許有一點炫耀的成分，但是舫雲是和她一起長大的閨蜜，不可能不知道康苒對沈盟有好感，為什麼要故意破壞她呢？

康苒雖然心裡不滿且懷抱疑問，但她沒有問舫雲，只是猶豫著是不是應該打個電話給沈盟，約他喝杯咖啡或吃頓飯，好和他解釋一下，因為矜持，康苒故意說服自己，和沈盟解釋不是為了挽回沈盟對自己的好感，而是不想惹得人心裡不舒服，更何況她根本沒這意思。

康苒想起舫雲大三和同班同學分手之後，心裡有些著急，她不希望太晚結婚，而她偏偏因為晚入學的緣故，比別人大了一歲。這時候，她認識了一個建築系的學長，建築系讀五年，所以他比舫雲大一歲，符合她的希望，但是學長對她究竟有沒有意思呢？舫雲很想知道，年輕的她先是在他面前裝賢慧，康苒理當是那個襯托她溫柔賢慧的對照組，幾個同學一起出去玩，舫雲做壽司帶去給大家吃，還體貼地搭配削好皮的哈密瓜；期末考試前，大家一起熬夜K書，舫雲煮麵給大家宵夜，每個人碗裡都有一枚漂亮的溏心荷包蛋。但是，一個學期過去了，建築系學長還是沒有行動，舫雲愈來愈沒信心，她決心試探，而她想出來試探的方法竟然是提議給學長介紹女朋友，康苒說：「這辦法不好，他會以為你對他沒意思，才會把他推給別人。」

「我不這麼想，如果他喜歡我，就應該趁機表白，不然，也應該拒絕我給他介紹女友。」

於是，舫雲找了一天，約了班上一個長得挺秀氣的女同學，和建築系學長一起去看相機，她半開玩笑地說他們兩人相配，結果，學長不知道是對舫雲的心思一點沒猜到，還是順水推舟，真就約起了舫雲的同學，舫雲為此失落了好一陣。不曾料想到的是，他們的交往也只持續了四個月，學長剛畢業，兩人就分手了。

層層疊疊地給自己做好心理建設之後，康苒鼓起勇氣打電話給沈盟，那天寒流來襲，突然降溫，康苒本來想提議去吃酸菜白肉火鍋，沒想到沈盟在電話裡有些冷淡，康苒立刻退卻了，或許對方根本沒那麼喜歡自己，才會聽信舫雲的話，連自己從康苒這裡找答案的嘗試都沒試過。可是接下來一整年的情感空窗，康苒不免還是反覆想起沈盟，如果不是舫雲挑撥，他們會有機會往下發展嗎？

舫雲卻忽然在這時宣布要結婚了，並且堅持康苒擔任伴娘，試婚紗的那一天，在禮服公司的試衣間裡，舫雲告訴康苒：「你記得嗎？那時候你叫我別給建築系學長介紹女朋友，我卻還是做了。那是因為我發現他喜歡上了你，他根本不在意女孩會不會做家事，他反而覺得你笨手笨腳的好可愛。」

康苒幫舫雲拉上背後的拉鍊，這是一款合身剪裁的魚尾裙婚紗，顯得舫雲瘦小了些，不夠起眼，康苒不知道該不該說實話，舫雲也沒問她穿這件禮服好不好看，反而問康苒：「如果那時候學長對你表白，你會接受嗎？」

「不會。」康苒想都沒想就說。

「我相信你不會，但你不會，不是因為你不喜歡他，而是因為你知道我喜歡他，所以我說要給他介紹女朋友，不僅是為了試探他，也是因為害怕失去你。」舫雲說完，看了一眼鏡子，作出結論：「這款式不適合我。」

「你說什麼？為什麼你會因此失去我。」

「我從來不曾擁有學長，你卻是我最親近的姐妹，他如果追求你，不論結果怎樣，都會造成我們之間的嫌隙，因為你對他也有好感。」

康苒不語，琢磨著舫雲的話，儘管她不願意承認，卻是可能的，為了顧及舫雲的感受，顧及閨蜜的義氣，她只能要求自己拒絕，但是心裡卻可能感到壓抑與委屈，就像多年前錯過的唯倫，後來被舫雲破壞了的沈盟。

舫雲又換上了一件公主袖蓬蓬裙設計的婚紗，她看著鏡子，撇了撇嘴，說：

「會不會讓人覺得我在裝可愛，不適合我的個性。」

「好吧，就算學長的事你說得對，但是，沈盟呢？你為什麼要在他面前說那些話。」

「他不適合你，你光看他這彆扭的個性就知道不適合，一個大男人自己喜歡就應該去爭取，至少要弄清楚。」

「也許他需要多一點機會，或者鼓勵。」康苒說，並不氣壯，她自己也想過，沈盟大概是沒那麼喜歡她，不然不會如此輕易放棄。

「更何況，那時候你剛解除婚約，你覺得自己真的已經走出之前的陰影，適合開始新戀情嗎？你多少有尋找填補的心態吧，前一次就是急著抓救生圈受的傷，我不想你再錯一次。」

康苒不語，自己當初的確是為了擺脫不倫之戀，才走入了錯誤的婚約，急於結束一段錯誤，一不留神，反而讓自己陷入另一場錯誤。

禮服店的造型師送進來一襲削肩款禮服，領口環繞頸項，雙肩完全裸露，剪裁合身的上衣繡滿白色玫瑰圖案，緞面裙擺從裡頭以圈架撐起漂亮的弧度，華麗高雅，卻也含蓄低調。舫雲很滿意，決定就是這一件。然後轉向店員說：「幫她選一件伴娘禮服，要突顯她的優點，但是絕對不能比我漂亮，那天我才是主角。」

舫雲從鏡子望住康苒，得意地笑了。

在街上閒晃消磨時間，玻璃窗裡的年輕女孩讓康苒不知不覺想起了許多往事。這時候舫雲的簡訊來了，說她已經化好妝，要康苒到造型店和她會合。

更衣室裡，穿著美麗白紗裙的舫雲，望著鏡子裡的自己，一邊調整項鍊，一邊和也是穿了白紗裙伴娘禮服的康苒說：

「我一直在追求愛情，但是，我知道愛情其實只是人生的一部分，你看過我為了博得好感，裝賢慧裝氣質，但我知道自己只是假裝。你雖然不願意裝，但你卻因為希望被愛，以為自己真是別人眼中錯看的你。康苒，不論遇到什麼樣的人，你能做真正的你才最重要。」

婚禮祕書在更衣室外提醒，新郎來了，禮車在外面等。

康苒細心地整理舫雲的裙子，將捧花遞給舫雲時，舫雲握著她的手說：「比起任何一個我愛過的男人，你在我身邊的時候更久，儘管現在我結婚了，不論我慶祝結婚幾週年，你和我在一起的時間都超過我的婚姻十八年，我們從十一歲就認識，誰都沒有我們在一起的時間長。」

舫雲婚禮前的友情宣示，讓康苒百感交集，那些個一起吃冰一起逛街，抱著電話可以聊整個晚上，失戀時一起哭，暗戀時一起神經兮兮用撲克牌卜卦的歲月，她們才是一直在彼此身邊的人。

舫雲已經準備好，她明豔動人，神采奕奕，挽著新郎的臂彎大方甜蜜地走了出去，錄影機尾隨拍攝，康苒尾隨其後，突然一個西裝筆挺的男人出現在康苒身旁，他說：「你好，我是今天的伴郎，是新郎的大學同學。」康苒笑了，她明白這是舫雲的安排，不論接下來的發展如何，這是姐妹淘的誠意推薦。

在一件件潔白綴滿水鑽珍珠和蕾絲花邊的婚紗圍起的帷幕裡，這些在孩提時和公主夢畫上等號的婚紗，曾經是每一個小女孩夢想穿上的，但是在真正穿上之前，沒人知道要經過多少蛻變。今晚，康苒將陪伴舫雲走上紅毯，整個成長歲月裡，她們不知道陪伴對方一起做了多少事，也許每個女人身邊也都有這樣一個閨蜜，她陪伴你，也騷擾你；她支持你，也打擊你；她欣賞你，也嫉妒你；她在意你，也離不開你，其實你也一樣，不論你是否意識到了。

你們或許曾經以為愛情更重要，卻會在接下來的日子裡發現，她，一直都在。

後記

# 遇見藍花楹

沿海邊公路走，水泥步道上散落著紫色的花，花朵的形狀有點像紫鈴藤，筒狀花朵一端收起一端張開柔軟的花瓣，但紫鈴藤的紫帶著一點粉，而步道上的落花則是淺紫色中微微透出一點藍。

紫色是一種特別的顏色，有好多深深淺淺不同的層次，小時候一度迷上紫色，可是童裝中似乎更常見到鵝黃、粉紅、海藍、大紅等顏色，於是和媽媽逛布店時，在我的建議慫恿下媽媽選了一塊紫色的布料，裁製了那一季的夏衣，衣服的質料通風吸汗，搭配了花邊縫製了無袖連衣裙和寬鬆的娃娃裝，穿起來自在舒適，但是那紫色卻夢幻迷離，於是夏衣溫柔地擺盪於虛實之間。

步道上的落花還不算多，可能是清潔人員掃走了，步道旁的草坪上落花密布，像是一塊美麗的織花地毯，看見了落花，卻沒看見未落的花開在哪，心裡疑惑，難道是枝頭花已落盡？所以我張望遍尋不著。

隔了數日，我從海邊沙灘散步回來，走在公路的另一側，看見了那棵約莫四層樓高的樹，滿樹紫色的花，為什麼我從樹下經過時反而沒看到呢？是抬頭張望時花朵被葉片遮擋住了嗎？還是逆光的緣故？從遠方看，花朵滿布枝頭，顯然花是開在樹的最外層。後來問了好幾個人，才知道那是 Jacaranda，藍花楹，和紫鈴藤同是紫葳科。藍花楹源自中南美洲，在墨西哥當藍花楹開花象徵著春天降臨。有時候有些事物需要一點距離才能看得清楚。

我在香港的日子規律分明，上課的時候，讀書的時候，寫作的時候，填補在這些占據了較大區塊時間之外的還有散步、購物。散步時腦裡想著不同的事，這些或者曲折的情節或者清麗的畫面或者擾攘的心緒，後來可能以不同的方式寫進了我的小說。收錄在《松鼠的記憶》這本小說集裡的小說，一部分是來香港之後寫的，一部分是還在杭州時寫的，說到底都是異鄉之作，前後跨了七個年頭。香港寫的有〈足音〉裡躑躅寂寞的狐狸狗和失去同學轉換著別人話語的翻譯作家，〈松鼠的記憶〉裡長成大樹沒被尋找出來的松果和忘記了部分情人不想結婚的男人，〈暮雪〉裡從未年輕過的蒼老歲月以及亂世遷徙整個變樣的人生，默默地在筆電裡浸染醃漬出揉雜安靜和憂愁的味道；喧騰熱鬧、活力充沛的〈小姨〉是我剛來香港時寫的，那時住在另一處海濱，屋宇在山坡上，出門時是下坡腳步特別快，回家時就略顯滯重，而小說裡已屆中年依然興致盎然愛戀的小姨就在某個黃昏與我一同行走在坡道上，她的風風火火讓人炫目；〈雙生〉則是聽人說起多年前一件送養女嬰的事，當時就有了觸動，但是三年後才真正完成的故事。

〈年頭〉、〈後來〉、〈我在你身邊〉和〈如果明天遇見你〉寫得早些。大約五、六年前，有一位來自山裡的年輕學生和我說，來到大城市讀大學，親戚師長紛紛叮囑她畢業後別再回到山裡，我不時想起她說的話，腦子裡也浮現了那歲月悠緩的山村，完成了〈年頭〉；有一年夏天我去了她說的那座大山裡的山城，想起小時候曾經羨慕隨車剪票員每日坐在車窗邊的工作，於是寫下〈後來〉，而構思〈後來〉時，隨意乘車逛山城，樹梢枝椏擦過車頂，〈我在你身邊〉的故事突然出現；〈如果明天遇見你〉構思過程瑣碎些也日常些，往返於超市的路途，穿梭貨架和冷藏櫃之間，偶遇相識的年輕男女沒有愛戀，卻親密相伴過，成為此後人生裡一段珍貴且唯一的記憶。

上課時，我曾經這樣說：小說裡的人物有時候不是作者塑造的，是作者遇見的，他們出現在腦子裡，然後走了出來，發展成一個故事。臺下坐著的年輕女孩眼睛一亮，隨即點了點頭，她寫過小說，我想，所以我們都懂。在香港的海濱與大樓縫隙，在杭州的湖光山色與垂枝海棠間，我遇見了一個又一個故事，沒法放下的心結，跨不過去的暗渠，看似鬆軟其實尖刻的記憶，對街看到的藍花楹和步道上的落花出自同一棵樹，遇見時的印象卻不相同，每天遇見的自己，你曾經傾聽過她的聲音嗎？

松鼠埋下的松果，記得的成為食物，不記得的長成大樹，那些我們記得與不記得發生了與來不及發生的種種，則形成如今的自己。感謝昭翡和琳森，沒有他們的付出，這本書將無法出現在你的手上，當然也謝謝你，經過你的閱讀，讓這些故事得以開出各式花朵，藍花楹和紫鈴藤雖然同屬紫葳科，但前者可以長成大樹，後者卻是藤狀灌木，不同型態的美麗，正是這個世界所需要的。

國家圖書館出版品預行編目資料

松鼠的記憶 / 楊明著 . -- 初版 . -- 臺北市：
聯合文學 , 2018.07
224 面 ；14.8×21 公分 . -- （聯合文叢；631）

ISBN 978-986-323-262-9 ( 平裝 )

857.63　　107008711

聯合文叢 631

# 松鼠的記憶

作　　者／楊　明
發 行 人／張寶琴

總 編 輯／周昭翡
主　　編／蕭仁豪
編　　輯／蔡琳森
實習編輯／陳涵伶
資深美編／戴榮芝
業務部總經理／李文吉
行銷企畫／許家瑋
發行助理／簡聖峰
財 務 部／趙玉瑩　韋秀英
人事行政組／李懷瑩
版權管理／蕭仁豪
法律顧問／理律法律事務所
陳長文律師、蔣大中律師
出 版 者／聯合文學出版社股份有限公司
地　　址／(110)臺北市基隆路一段 178 號 10 樓
電　　話／(02)27666759 轉 5107
傳　　真／(02)27567914
郵撥帳號／17623526 聯合文學出版社股份有限公司
登 記 證／行政院新聞局局版臺業字第 6109 號
網　　址／http://unitas.udngroup.com.tw
E-mail:unitas@udngroup.com.tw
印 刷 廠／沐春行銷創意有限公司
總 經 銷／聯合發行股份有限公司
地　　址／(231)新北市新店區寶橋路235巷6弄6號2樓
電　　話／(02)29178022

出版日期／2018 年 7 月　初版
定　　價／280 元



ISBN 978-986-323-262-9（平裝）

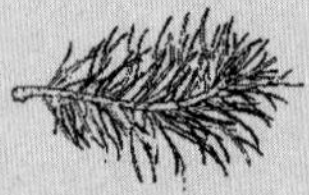